「吉野龍

「吉野龍田図」六曲屛風（部分）（財）根津美術館

ビギナーズ・クラシックス

古今和歌集

中島輝賢＝編

角川文庫 14658

◆はじめに◆

日本人は桜が大好きですが、それはいつからなのでしょうか。奈良時代の和歌を多く含む万葉集で最も多く詠まれる花は秋の萩《はぎ》の花で、桜の花の歌は梅の花と比べても三分の一ほどの数しかありません。それが平安時代の古今和歌集で最も多く詠まれる花となり、以降この傾向が受け継がれて、現代の我々まで続くのです。

このように日本的美意識の多くは、和歌に詠まれることによって定着したものので、特に第一勅撰和歌集である古今和歌集は多大な影響を与えました。

さて我々はそのような日本伝統の美意識をちゃんと理解しているでしょうか。全国的に都会化し、自然との関わりが希薄になる一方で、花見などのイベントは盛大になっていく印象ですが、その内容はただ騒ぐだけの空疎なものとなっています。我々は今こそ古来の和歌表現によって、自然の鑑賞の仕方、自然に接する態度を学ぶべきではないでしょうか。
また人間関係についても、普遍的で新鮮な発見がきっとあることでしょう。

本書は古今和歌集約千百首のうち、七十首を取り上げたものです。三十一文字《みそひともじ》に託された思いを探りに、千百年の時間旅行を楽しんでください。

本書が読者の皆さんの知的好奇心をかき立て、収録以外の古今和歌集歌はもちろん、他の古典にも興味を抱いてくださることを願っています。

平成十九年二月

中島《なかじま》　輝賢《てるまさ》

原文は『新編国歌大観』所収の『古今和歌集』に拠ったが、適宜表記を改めた。
口に出して歌を味わうのに便利なように、原文と訳文には総ルビを付した。
振り仮名は一般的と思われる読み方に統一し、原文以外はすべて現代仮名遣いとした。

◆目次◆

（　）内は歌番号、算用数字は本書のページ数を示す。

コラム　目次

◇編集協力
・本文デザイン……代田　奨
・本文作図…………須貝　稔・杉本　綾
・地図制作…………オゾングラフィックス

◇資料提供協力
口絵・「吉野龍田図」…………㈶根津美術館
本文・紺谷光俊「龍田姫之図」…………石川県立美術館
・富岡鉄斎「安倍仲麻呂在唐詠和歌図」…………㈶足立美術館
・写真……㈳奈良市観光協会（飛火野）
奈良県庁（吉野山〈雲海に浮かぶ蔵王堂〉撮影者　竹内昌弘氏）
石上神宮（国宝　拝殿）
宮城県教育委員会（県指定無形民俗文化財「鹽竈神社藻塩焼神事」）

◆仮《か》名《な》序《じょ》

倭歌《やまとうた》は、人《ひと》の心《こころ》を種《たね》として、よろづ《ズ》の言《こと》の葉《は》とぞなれりける。世《よ》の中《なか》にある人《ひと》、ことわざ繁《しげ》きものなれば、心《こころ》に、思《おも》ふ《ウ》ことを、見《み》るもの聞《き》くものにつけて、言《い》ひ《イ》出《い》だせるなり。花《はな》に鳴《な》く鶯《うぐひす》《ウグイス》、水《みづ》《ミズ》に住《す》むかはづ《ワズ》の声《こゑ》《コエ》を聞《き》けば、生《い》きとし生《い》けるもの、いづ《ズ》れか歌《うた》をよまざりける。力《ちから》をもいれずして、天地《あめつち》を動《うご》かし、目《め》に見《み》えぬ鬼神《おにがみ》をもあはれ《ワ》と思《おも》はせ《ワ》、男女《をとこをうな》《オトコオウナ》の仲《なか》をもやはら《ワ》げ、猛《たけ》き武士《もののふ》の心《こころ》をも慰《なぐさ》むるは歌《うた》なり。

和歌《わか》は、人《ひと》の心《こころ》を種《たね》として、それが生長《せいちょう》して様々《さまざま》な言葉《ことば》になったものである。この世《よ》の中《なか》に生《い》きている人《ひと》は、関《かか》わり合《あ》いになる出来事《できごと》や行動《こうどう》が多《おお》いので、それらについて心《こころ》に思《おも》ったことを、見《み》るものや聞《き》くものに託《たく》して、言葉《ことば》で表現《ひょうげん》しているのである。花《はな》の枝《えだ》で鳴《な》く鶯《うぐいす》や、川《かわ》に住《す》む河鹿蛙《かじかがえる》の声《こえ》を聞《き》くと、いったいどんな生《い》き物《もの》が歌《うた》を詠《よ》まないだろうか。いやすべての生《い》き物《もの》が感動《かんどう》して歌《うた》を詠《よ》むのだ。力《ちから》を入《い》れないで、天《てん》と地《ち》を動《うご》かし、目《め》に見《み》えない恐《おそ》ろしい神《かみ》や霊《れい》を感動《かんどう》させ、男女《だんじょ》の仲《なか》を親《した》しくし、勇猛《ゆうもう》な武士《ぶし》の心《こころ》を慰《なぐさ》めるものは、やはり歌《うた》なのである。

✽第一勅撰和歌集の序文としてはじめに述べられていることは、和歌の本質が抒《じょ》情《じょう》にあるということである。これは現代社会でも共感できることで、和歌のみならず文学・芸術の普遍的本質を紀貫之が捉えていたということに、改めて驚かされる。しかもそれが種から葉へと、植物の生長という自然な比喩を使って柔らかに表現されている。第二文では、和歌を人間だけでなくあらゆる生物に通じる行為とすることで、その普遍性がいっそう強調されるだけでなく、当時の日本人の自然観をも感じさせる。第三文以下では生活の具体的な場面を取り上げて、和歌の効用面について述べている。

和歌について、観念から具体へと順を追って説明している。

真名序との関係や、中国文学における詩論の影響なども指摘されている。しかし『古今和歌集』成立当時は、文学として漢詩文に後《おく》れを取っていた和歌が盛り返す時期にあって、紀貫之をはじめとする撰者たちは緊張感と晴れがましさで一杯だっただろう。

彼らの新鮮な気負いさえ感じられる記述といっては褒《ほ》めすぎだろうか。

勅撰集《ちょくせんしゅう》

天皇の命令を勅《ちょく》という。つまり勅撰集というのは天皇（あるいは上皇）の命令で編纂《へんさん》された詩歌集である。文芸を通じて、天皇と臣下が理解し合い支え合うべき存在となるという君臣和楽《わらく》の思想によって生まれた。

勅撰和歌集は『古今和歌集』を最初として、『拾遺和歌集』までを三代集《さんだいしゅう》、『新古今和歌集』までを八代集《はちだいしゅう》といい、最後の『新続《しんしょく》古今和歌集』までを総じて二十《にじゅう》一代《いちだい》集という。

編集を担当する撰者《せんじゃ》は当時最高とされる歌人が務めるが、人選に異論が出されることもあった。また天皇や上皇が自ら編集する場合は親撰という。

勅撰集に歌を選ばれることは、歌人にとって最高の栄誉であった。

◆巻第一《まきのだいいち》　春歌上《はるのうたのじょう》

袖《そで》ひちてむすびし水《みづ》《ミズ》のこほ《オ》れるを春立《はるた》つ今日《けふ》《キヨウ》の風《かぜ》や解《と》くらむ《ン》　（二　紀貫之《きのつらゆき》）

袖《そで》を濡《ぬ》らして、手《て》ですくった水《みず》が凍《こお》っていたのを、立春《りっしゅん》の今日《きょう》の春風《はるかぜ》が解《と》かしているだろうか。

✿「春立つ今日」は暦《こよみ》の上での春、つまり立春である。そして去年の夏から秋にかけて水をすくって飲んだり、冬には厳しい寒さで凍っていた記憶を回想するという形で、春の到来を喜んでいる。しかし、今日その水は見ていない。それなのに、なぜ春風が氷を解かしていると思うのか。

中国の書物で、日本人の季節感にも大きな影響を与えた『礼記《らいき》』の「月令《がつりょう》」に「孟《もう》春《しゅん》の月、東風《とうふう》氷を解《と》く」（春のはじめの月、東から吹く春風が氷を解かす）とあり、貫之はその趣向《しゅこう》を使ったのである。暦の上の季節感が実感とはほど遠いのは今も昔も変わらないだろうが、一年通した記憶が、現在の実感を補っており、春の喜びを表現していると考えれば良いだろう。季節が暦の通り順調に推移するのは、天皇の治世がうまくいっていることのあらわれでもあった。

『古今和歌集』春歌上の巻頭歌《かんとうか》（巻の最初の歌）も暦の上での春を取り上げ、年内立春（十二月中に立春が来ること）という珍しい状況を詠んでいる。

年の内に春は来にけり一年《ひととせ》を去年《こぞ》とやいはむ今年とやいはむ　（一　在原元方《ありわらのもとかた》）

（年内に立春が来たなあ。この一年を去年と言おうか。今年と言おうか。）

花《はな》の香《か》を風《かぜ》のたよりにたぐへ《エ》てぞ鶯《うぐひす》《ウグイス》誘《さそ》ふ《ウ》しるべにはやる

（一三　紀友則《きのとものり》）

＝花《はな》の香《かお》りを風《かぜ》という手紙《てがみ》に添《そ》えて、鶯《うぐいす》を誘《さそ》い出《だ》す道案内《みちあんない》として送《おく》るのだよ。＝

✻春告《はるつ》げ鳥ともいわれる鶯だが、この歌では花は咲いているのにまだ鳴いていない。そこで風によって漂う花の香りに誘われて、鶯が出てくることを期待し、鶯を擬人化《ぎじんか》することによって、風を手紙に見立てている。これは中国の「風信《ふうしん》」という言葉による発想である。しかしまた当時の日本の慣習として、手紙はお香《こう》を焚《た》き染《し》めたり、花などにつけて贈るものだったので、日常生活に馴染《なじ》んだ表現でもあったのだろう。鶯という思い人を誘っていると考えると、少し恋歌めいて色っぽさも感じられる。

さて、この歌の花は何だったのか。春の訪れを告げる香りの高い花といえば、梅の花と考えるのが妥当《だとう》だろう。「梅に鶯」の組み合わせは既に『万葉集』にあり、それが広がって、色々な絵に描かれるようになった。

紀貫之と紀友則

紀貫之は生没年不詳だが、『古今和歌集』成立の延喜五年（九〇五）には三十歳代後半で、天慶八年（九四五）頃八十歳程で没したと考えられている。その間に延長八年（九三一）土佐守として赴任し承平五年（九三五）に帰京した際の帰路について記したのが、『土佐日記』である。

貫之は『古今和歌集』の仮名序を執筆したと考えられ、歌も約百首採られ最も歌数が多い。また『土佐日記』以外に、晩年に『新撰和歌』というアンソロジーを単独で編纂している。家集の『貫之集』をみると、『古今和歌集』成立後の屛風歌歌人としての活躍がよく分かる。まさに平安時代を代表する歌人といえよう。

そんな貫之ではあるが、彼の活躍には従兄弟《いとこ》である友則の存在が深く関わっている。そもそも撰者の筆頭は友則で、同族の年長者であった友則が年下の貫之を導いたらしい。ところが突然の友則の死により（解説参照）、貫之がその立場を受け継ぎ、活躍の場が広がっていったのである。

春日野《かすがの》の飛《と》ぶ火《ひ》の野守《のもり》出《い》でて見《み》よ今幾日《いまいくか》ありて若菜摘《わかなつ》みてむ《ン》

（一八　読《よ》み人知《びとし》らず）

春日野《かすがの》の飛《と》ぶ火野《ひの》の番人《ばんにん》よ、外《そと》に出《で》て野原《のはら》の様子《ようす》を見《み》てみろ。もう何日《なんにち》か
たったらきっと若菜《わかな》を摘《つ》もう。

✿春日野は奈良市郊外の地名で、『万葉集』の時代から若菜摘みの名所であった。飛ぶ火野という呼び方は、飛ぶ火（烽火《のろし》）が設置されたところからいう。若菜摘みは、春の初めに芽を出した若菜を摘んで食べる行事。冬を乗り越えた植物の生命力を、食べることで自分の体内に取り入れる日本古来の民間行事が宮中に入ったもので、正月最初の子《ね》の日に行なった。現在の七草粥《ななくさがゆ》を思い浮かべるが、それは中国の行事を導入したものである。延喜十一（九一一）年正月七日が最初の記録で、『古今和歌集』成立後なのでこの歌の若菜とは違う。

飛火野（奈良公園）

しかし、人々が若菜摘みに寄せたのは、単なる行事や食欲・健康などへの興味だけではないようだ。若菜を食べる人への愛情や、若菜摘みをみやびな行事ととらえる感覚を背景として踏まえないと、この歌の若菜摘みに対する期待感、ワクワクした気持ちは分かるまい。

春霞立《はるかすみた》つを見捨《みす》てて行《ゆ》く雁《かり》は花《はな》なき里《さと》に住《す》みやならへ《エ》る　（三一　伊勢《いせ》）

春霞《はるがすみ》が立《た》つのを見捨《みす》てて北国《きたぐに》へ帰《かえ》って行《ゆ》く雁《かり》は、花《はな》がない里《さと》に住《す》み慣《な》れているのだろうか。

✻霞は、春の最初の景物。室町時代までは「はるかすみ」と清音だった。同じ気候状況でも、和歌では秋は霧と使い分ける。雁は、秋に日本へ来て、春にシベリアなどの北国へ帰る渡り鳥。秋を来雁《らいがん》、春を帰雁《きがん》という。

この歌では、春霞が立ち、もうすぐ花も咲くのに、見捨てて帰る雁に焦点《しょうてん》を当てている。それは、自らが春を、そして花を待ち焦《こ》がれていたのと正反対である。

この歌での春や花への憧《あこが》れは、冬から春へという現実的なものというよりも、その美しさへの耽美《たんび》的な関心と感じられる。だからこそ擬人化された雁が、住み慣れた故郷とはいえ永遠に花の咲かない荒涼《こうりょう》とした土地へ帰ることに驚き不思議がるのである。

●伊勢

藤原継蔭の娘で、父が伊勢守だったところから、女房名を伊勢という。宇多天皇の中宮温子（七条后）に仕えた。温子の兄弟の藤原仲平との恋愛をはじめ、宇多天皇やその子の敦慶《あつよし》親王にも愛されるなど、華やかな恋愛遍歴を持つ。敦慶親王との間には、女流歌人として有名な中務《なかつかさ》が生まれた。その一方で温子との強く結ばれた関係も知られており、『古今和歌集』には温子の死を悼《いた》む長歌がある。『古今和歌集』では女流歌人として最も多くの歌が採られている。他にも歌合の序文を書いたり、多くの屏風歌を残すなど、歌人としての評価は高かった。

春《はる》の夜《よ》の闇《やみ》はあやなし梅《うめ》の花色《はないろ》こそ見《み》えね香《か》やは《ワ》隠《かく》るる

（四一　凡河内躬恒《おおしこうちのみつね》）

春《はる》の夜《よる》の闇《やみ》は道理《どうり》に合《あ》わない。梅《うめ》の花《はな》は色《いろ》は見《み》えないけれども、香《かお》りは隠《かく》れるだろうか。いやはっきりと香《かお》ってくるよ。

✿梅の花を見えなくする夜の闇を擬人化し、どうせ見えなくても香りは隠せないのだから野暮《やぼ》なことをしなさんなといっている。

春になって少し暖かな夜に散歩をすると、梅の香りがしてきて、どこに咲いているのだろうと思ったことはないだろうか。夜は視覚があまり利《き》かないので嗅覚《きゅうかく》が鋭敏になるとか、湿度のせいで香りが強く感じるというのを聞いたことがある。科学的なことは分からないが、体験的にはまさにその通り。そして香りが見えないものへの愛着を一層強くするのである。

梅の花を自分の愛する女性、闇を二人の仲を認めずに邪魔《じゃま》をする親とする解釈もあるが、梅の花の香りに対するこの歌の思いが、それだけ強く感じられるということであろう。

梅の香と桜

皆さんは春の花というと何を思い浮かべるだろうか。

現在では断然サクラが人気だろうが、奈良時代はそうではなかった。『万葉集』では、ウメが最も多く歌われており、九州の大伴旅人《おおとものたびと》の屋敷における梅花の歌はとても有名である。けれどもこれは、中国において梅が文学の題材としてもてはやされており、その影響と考えることができる。一方、サクラは『万葉集』には数えるほどしかない。

ところが平安時代になると一変する。『古今和歌集』においては、春だけでなく、あらゆる花の代表がサクラとなる。またウメも、それまでの花の咲き散る様子よりも、薫香が中心として読まれるようになる。視覚から嗅覚へ、歌人たちの感覚の鋭さは増していくのであるが、これも『白氏文集』など、漢詩文摂取の賜物であった。

これは単なる中国の模倣ではなく、文化の受容性の高さと評価すべきであろう。

見渡《みわた》せば柳桜《やなぎさくら》をこきまぜて都《みやこ》ぞ春《はる》の錦《にしき》なりける

（五六　素性法師《そせいほうし》）

＝見渡《みわた》すと、柳《やなぎ》と桜《さくら》を混《ま》ぜこぜにして、都《みやこ》こそが春《はる》の錦《にしき》なのだなあ。＝

✿小高《こだか》いところから、平安京の春の景色を見下ろしている歌である。都全体を錦ととらえるところに、スケールの大きさが感じられる。また平安京という都市、つまり人工物に季節の景色の美しさを見出したところも新発見といえる。

都中に柳と桜が植えられた様子は、華やかであろう。その色は、柳は青柳といわれるから青、桜は白であるから、襲《かさね》の色目《いろめ》（十二単《ひとえ》などの重ね着をする時の色の配合）でいう柳の配色と同じである。しかしこの歌では、多彩な色糸で模様を織り出した厚手《あつで》の絹織物である錦に見立てることによって、さらなる華やかさと重々しさをイメージとして演出している。

錦というと、和歌では秋の山の紅葉を見立てることが多いが、漢詩では春の景色の表現として使われた。作者には、そんな知識もあったのだろう。

●見立て

見立ては、ある事物を他の事物と同様にみなす技法、つまり比喩《ひゆ》である。主に四季歌の中で使われた。ただし見立てというように、視覚的な効果が中心となる。代表的なのは桜の見立てで、花が散るのを雪が降るのに譬《たと》えたり、遠望を白雲に譬えたりする。逆に降る雪を花が散るのに譬えたり、他にも川に流れる紅葉を錦に、涙や露などの水滴を玉に譬えたりした。また女郎花《おみなえし》は女性に譬えられたが、華奢《きゃしゃ》な外見という視覚的要素よりも、名前からの発想であろう。このような言語的発想の見立ても、『古今和歌集』の特徴である。

見立ての対象となる事物は中国文学の影響が指摘されており、また和歌の伝統もある。しかし眼前の風景を見立てた風景とともに表現することによって、現実と虚構の二重のイメージを幻想的に展開するには、歌人の主観・直感の力が大きい。その分、鑑賞者にも豊かな想像力が必要だろう。

◆巻第二《まきのだいに》　春歌下《はるのうたのげ》

久方《ひさかた》の光《ひかり》のどけき春《はる》の日《ひ》にしづ《ズ》心《ごころ》なく花《はな》の散《ち》るらむ《ン》

（八四　紀友則《きのとものり》）

光《ひかり》がのどかな春《はる》の一日《いちにち》に、どうして落《お》ち着《つ》いた心《こころ》もなく桜《さくら》の花《はな》は散《ち》っているのだろう。

✻「桜の花のちるをよめる」という詞書《ことばがき》から、桜の花だということが分かるのだが、『百人一首』（三三）にも採られており、和歌の歴史を代表する桜の名歌といってよい。桜の花を擬人化《ぎじんか》しているのだが、それが自然であるために、散る理由を求める態度が理屈っぽくは感じられない。風もない春の穏《おだ》やかな日差しの中でチラチラと散る桜がイメージされ、静謐《せいひつ》な耽美《たんび》をもって表現された一幅《いっぷく》の絵画のような印象を与える歌である。

同じような発想に、次の二首がある。三首の中で、成立は業平の歌が最も古い。友則と貫之はそれを知ってそれぞれの歌を作ったのだろうが、こちらの二首はどちらが古いか分からない。

世《よ》の中《なか》に絶《た》えて桜《さくら》のなかりせば春《はる》の心《こころ》はのどけからまし　（五三　在原業平《ありわらのなりひら》）

〈世の中にもし全く桜の花がなかったら、〈散る心配もなく〉春の気持ちはのどかであろうに。〉

ことならば咲《さ》かずやはあらぬ桜花《さくらばな》見る我《われ》さへにしづ心《ごころ》なし　（八二　紀貫之《きのつらゆき》）

〈同じことなら咲かないでいろ。桜花よ。見る私にまで落ち着いた心がないのだ。〉

どれがあなたの好みだろうか。色々と比較してみるのも楽しいものだ。

桜花《さくらばな》散《ち》りぬる風《かぜ》のなごりには水《みづ》《ミズ》なき空《そら》に波《なみ》ぞ立《た》ちける　（八九　紀貫之《きのつらゆき》）

桜《さくら》の花《はな》が散《ち》ってしまった風《かぜ》の名残《なごり》として、水《みず》のない空《そら》に余波《なごり》が立《た》っているなあ。

✿「なごり」を、風の吹いた後の「名残」と余波《よは》である「余波《なごり》」の掛詞《かけことば》にすることによって、桜の花が空に舞っている様子を、波が泡《あわ》立っているのに見立《みた》てている。言葉に対する関心が映像美を発想させ、両者が見事に融合《ゆうごう》している。

桜の木から見上げた空には、白い花びらが舞っている。それはまるで空という広大な水面《みなも》に立つ白い波を、地上という水底《みなそこ》から見上げているような構図である。花びらの一枚一枚が、波の泡のひとつひとつに重ねられる。「水なき空」と表現することによって、読者の脳裏《のうり》には存在しないはずの水面が水色の空に二重写《にじゅううつ》しにイメージされ、現実にはありえない幻想的《げんそうてき》な映像とすることに成功している。「〇〇がない」「〇〇でない」ということによって、打ち消されて存在しないはずの「〇〇」をかえって強く意識させる表現は、貫之の特徴でもある。

例えば、次のような歌もある。

霞立ち木《こ》の芽もはるの雪降れば花なき里も花ぞ散りける　（九　紀貫之）

（春霞が立ちこめ、木の芽も張る、つまりふくらんでくる春の雪が降るので、花がまだ咲いてない里も、花が散っているようだよ）

この歌では「花なき里」ということによって、実際の花のイメージが連想され、雪を見立てた花と二重写しになる効果を生んでいる。いっそうの華やかさが感じられる。

春《はる》ごとに花《はな》の盛《さか》りはありなめどあひ《イ》見《み》む《ン》ことは命《いのち》なりけり

（九七　読《よ》み人《びと》知らず）

これからも春《はる》のたびに花《はな》の盛《さか》りはきっとあるだろうが、それを見《み》ることは私《わたし》の命次第《いのちしだい》なのだなあ。

✽自然の永遠不変《えいえんふへん》に対する人事の無常《むじょう》は漢詩文の発想の影響もあり、和歌には特に珍しいものではない。そしてこの歌で対照になっているのは、言葉の上では「花の盛り」とそれを「あひ見むこと」だが、観念の上では「花の盛り」と「命」である。毎年、春に繰《く》り返す「花の盛り」をいつまでも見ていたいという強い思いが、「命」という重々しい言葉を使わせているので、大げさなものとは感じられない。

しかし一方で「命」の重さが、想像をかき立てる。作者は老人なので将来が心配なのではないかとか、そこまで執着する「花」とは恋人ではないかという解釈もある。

歌の理解は様々で、想像の翼を広げてみるのも面白い。

読み人知らず

作者が分からない歌について、「読み人知らず」と表記したのは『古今和歌集』が最初である。『万葉集』では「作者未《いま》だ詳《つまび》らかならず」などとされるが、作者の分からないすべての歌にそのように書かれているわけではない。つまり、作者が分からなくても気にしないという時代もあったのである。それが有名専門歌人の出現により、しだいに作者名と歌がセットで享受されるようになっていく。また一方で、事情があって作者名が伏せられるというケースもあった。

『古今和歌集』は『万葉集』成立以降の歌を収録している。その間は「読み人知らず時代」・「六歌仙時代」・「撰者時代」に分けるのが一般的である。つまり「読み人知らず」といえば、比較的古く、また歌謡的なものが多かった。しかし新しい時代でも作者が分からないことはあっただろうから、「読み人知らず」がすべて古いわけではないことは注意しておかなくてはならない。

濡《ぬ》れつつぞ強《し》ひ《イ》て折《を》り《オ》つる年《とし》のうちに春《はる》は幾日《いくか》もあらじと思《おも》へ《エ》ば

（一三三　在原業平《ありわらのなりひら》）

雨《あめ》に濡《ぬ》れながら無理《むり》に折《お》った。今年《ことし》のうちに春《はる》はもう何日《なんにち》もないだろうと思《おも》うので。

＊詞書《ことばがき》には、旧暦《きゆうれき》三月末日《まつじつ》に雨が降っている中で藤の花を折り、それにつけて人に贈った歌とある。この日は弥生尽《やよいじん》といい、逝《ゆ》く春を惜しむ日であった。

藤は春の終わりを飾る花であって、雨に濡れるのもかまわず折ったということは、藤の花に対する耽美的な気持ちと春を惜しむ気持

藤

ちが、ともに強いものだということである。そして藤の花房《はなぶさ》の垂《た》れ下がった薄紫色が、満ち足りない物憂《ものう》い雰囲気《ふんいき》を演出している。
さらに肝心《かんじん》なのは、それが歌を贈った相手に対する気持ちの強さにつながっていることである。この歌には、ともに逝く春を惜しみ、藤の花を賞美《しょうび》しましょうというメッセージがこめられている。

❢六歌仙《ろっかせん》
『古今和歌集』の仮名序で、「近き代《よ》にその名聞こえたる人」として名前のあがっている六人（在原業平《ありわらのなりひら》・小野小町《おののこまち》・僧正遍昭《そうじょうへんじょう》・喜撰法師《きせんほうし》・文屋康秀《ふんやのやすひで》・大友黒主《おおとものくろぬし》）を、俗に六歌仙という。
仮名序で六歌仙という言葉は使っていないことには注意が必要だろう。平安中期に和歌に関する学問が発達すると、優れた歌や有名歌人のアンソロジーを作ることが流行し、次第に六歌仙という言い方が定着した。

◆巻第三《まきのだいさん》　夏歌《なつのうた》

五月《さつき》待《ま》つ花橘《はなたちばな》の香《か》をかげば昔《むかし》の人《ひと》の袖《そで》の香《か》ぞする

（一三九　読《よ》み人知《びとし》らず）

〓旧暦五月《きゅうれきごがつ》を待《ま》って咲《さ》く橘《たちばな》の花《はな》の香《かお》りをかぐと、昔《むかし》の恋人《こいびと》の袖《そで》の香《かお》りがする。〓

✻現代人が香水を用いるのと同様かあるいはそれ以上に、貴族たちはお香《こう》を衣服に焚《た》き染《し》めていた。この歌では、昔の恋人が愛用していたお香の香りと橘の花の香りが同じなので、思い出すというものである。

今でも正倉院《しょうそういん》に伝わる有名な香木《こうぼく》があるように、お香は貴重なものであった。そしてその人のセンスだけでなく、大げさにいえば人格をも象徴的に表すもので、好みの香りに調合したりもした。近年はアロマセラピーや香道《こうどう》の流行もあるから、現代人にも理解しやすい感覚かもしれない。

嗅覚《きゆうかく》に訴《うつた》える香りは肉感的で官能《かんのう》的なものだが、柑橘系《かんきつけい》の香りは瑞々《みずみず》しく爽《さわ》やかで、若々しい恋の思い出という印象を受ける。

『伊勢物語』第六十段では、男性が再会した元妻である女性に詠みかけた歌となっているが、嗅覚に敏感《びんかん》なところが細やかで女性らしい歌とも感じられる。

『伊勢物語』

『古今和歌集』に採られている『伊勢物語』の歌は、詞書が長い。恋歌に題知らずが多いことなどで明らかなように、集全体としては詞書をなるべく短くし、歌を状況にとらわれない独立した文芸として鑑賞しようという意識が見て取れるのに、『伊勢物語』の歌に関しては例外であるようだ。

『伊勢物語』の主人公は六歌仙《ろっかせん》の一人で、色好みとして名高い在原業平《ありわらのなりひら》と目されている。『古今和歌集』中の業平歌は、一応本人の実作と考えられている。しかし現在の『伊勢物語』研究において虚構の物語と考えられている歌も、『古今和歌集』は収録している。例えば、二条后《にじようのきさき》との恋愛で詠まれた歌（↓七四七）や斎《さい》宮《ぐう》との贈答歌（「君や来《こ》し我や行きけむ思ほえず夢か現《うつつ》か寝てか覚めてか」（六四五)」と「かきくらす心のうちに惑ひにき夢現《うつつ》とは世人《よひと》定めよ(六四六)」)などがそうであるが、これらは事実に基づいているのか疑わしい。

勅撰集は虚構の物語の歌は採らないことを原則としている。例えば『源氏物語』の歌は、その後の勅撰集には採られていない。『古今和歌集』成立当時、『伊勢物語』の内容がどう考えられていたのかは難しいところだが、成立事情が詳しく分からなくなり、伝説化して事実のように理解される傾向にあったのだろう。そしてその傾向は、時代が下るにつれて顕著になっていくのである。

五月雨《さみだれ》に物思《ものおも》ひ《イ》を《オ》れば時鳥《ほととぎす》夜深《よぶか》く鳴《な》きていづ《ズ》ちゆくらむ《ン》
（一五三　紀友則《きのとものり》）

五月雨《さみだれ》が降《ふ》る中《なか》、ぼんやりと物思《ものおも》いにふけっていると、時鳥《ほととぎす》よ、深夜《しんや》に鳴《な》いてどこへ飛《と》んでいくのだろう。

✿五月雨は、今の梅雨。時鳥は夏を代表する鳥で、貴族たちは鳴き声を聞くために徹夜《てつや》をしたから、この歌もそのような状況で詠まれたものなのだろう。それでは「物思ひ」とは何か。時鳥の鳴き声は恋心をかき立てるという次の歌があるので、恋の悩みととる解釈もある。

時鳥《ほととぎす》はつ声《こゑ》聞《き》けばあぢきなく主《ぬし》さだまらぬ恋《こひ》せらるはた　（一四三　素性法師《そせいほうし》）

（時鳥の今年初めての鳴き声を聞くと、どうしようもなく、相手が誰というわけでもないが恋しい気持ちが湧《わ》いてきてしまうよ。まあ、なんてこと。）

しかし梅雨時に物憂《ものう》い気持ちでもやもやしていると考えればそれでよい。うっとうしい雨に降り込められると、ひと声鳴いてどちらともなく飛んでいく時鳥が羨《うらや》ましく思われるものだ。

時鳥

蓮葉《はちすば》の濁《にご》りに染《し》まぬ心《こころ》もて何《なに》かは《ワ》露《つゆ》を玉《たま》とあざむく

（一六五　僧正遍昭《そうじょうへんじょう》）

蓮《はす》の葉《は》は、泥水《どろみず》に生《は》えても濁《にご》りに染《そ》まらない心《こころ》を持《も》っているのに、どうして葉《は》に置《お》く露《つゆ》を宝玉《ほうぎょく》とあざむくのか。

✱法華経に「世間の法に染《そ》まらざること、蓮花《れんげ》の水に在《あ》るがごとし（俗世間にまみれないのは、蓮の花が泥水にさいているようなものだ）」とあるのを典拠としている。蓮は泥水の中に生えるものだが、仏教では神聖さを象徴する植物で、仏様は蓮華《れんげ》の上に座っている。

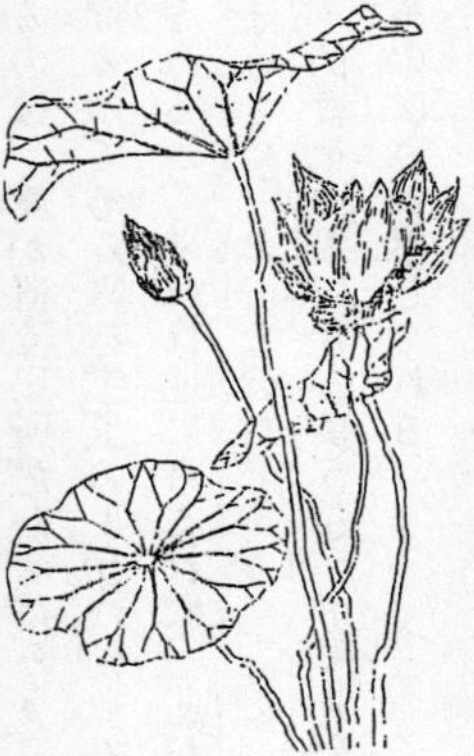

蓮

この歌で「華」ではなく「葉」となっているのは、露が置く場所だからだろう。縁《えん》語《ご》的な発想である。清らかなはずの蓮が、単なる水である露を宝玉のように見せてだましている。法華経を愚弄《ぐろう》しているようにもとれるが、それは逆に考えれば、蓮が清らかであるからこそ、美しい宝玉に見えてしまうということなのだ。

法華経をもとにするところは僧侶《そうりょ》らしいが、仏教を逆手《さかて》にとるようなユーモアを盛り込むところに、遍昭の歌人としてのふところの広さが感じられる。

夏《なつ》の夜《よ》はまだ宵《よひ》《ヨイ》ながら明《あ》けぬるを雲《くも》のいづ《ズ》こに月《つき》やどるらむ《ン》

（一六六　清原深養父《きよはらのふかやぶ》）

夏《なつ》の夜《よる》はまだ宵《よい》だと思っていたのに明《あ》けてしまったが、いったい雲《くも》のどこに月《つき》が宿《やど》っているのだろうか。

✻涼しい夏の夜の短さを、まだ宵（夜になってから夜中まで）と思っていたのに早くも明けてしまったと大げさに惜しむ歌。おそらく月を見ながら涼んでいたのだろう。それでも眠れなかったのか、あっという間に夜が明けてしまったので、自分と同じように月が眠る暇《ひま》がなく、つまりは西の山に沈めずに、雲のどこに宿をとれただろうかと月を擬人化して案じる。

夜が明けたのに慌《あわ》てて、月が雲に隠れようとする様子がユーモラスに想像されるが、その一方で、夜が明けるのを惜しむ気持ちが恋人たちの別れる後朝《きぬぎぬ》にも通じ、意外な広がりをもつ歌である。

作者は『枕草子』の作者である清少納言の曾祖《そうそ》父《ふ》にあたる。『百人一首』（三六）歌。

塵《ちり》をだに据《す》ゑ《エ》じとぞ思《おも》ふ《ウ》咲《さ》きしより妹《いも》と我《わ》が寝《ぬ》るとこ夏《なつ》の花《はな》

（一六七　凡河内躬恒《おおしこうちのみつね》）

塵《ちり》でさえ置《お》かせまいと思《おも》うのだ。咲《さ》いてから、愛《いと》しい妻《つま》と私《わたし》が寝《ね》る寝床《ねどこ》という名《な》を持《も》つ常夏《とこなつ》の花《はな》には。

✲「妹」は男性から愛する女性をさすが、平安時代にはあまり使われなくなっていて、古風な印象を与えたであろう。ちなみに、女性から愛する男性をさして「背《せ》（兄）」といった。また、「とこ夏」は「寝床《ねどこ》」と「常夏《とこなつ》」の掛詞《かけことば》。常夏はその名の通り夏の花でナデシコの異名《いみょう》だが、撫子《なでしこ》と書くところからも想像できるように、恋愛情緒豊かな素材である。

古風な女性とともにした寝床は、塵さえ置かせないように大切にしてきた。共寝《ともね》をしないと寝床に塵が置くともいうので、ここは仲のよさをいっていることにもなる。

それと同じように常夏の花を大切にしてきたという歌である。

詞書《ことばがき》によれば、隣家から常夏を求められた時に詠んだ歌だが、「自分がこれだけ惜しんで育てた美しい花なのだから大切にしてくださいね」というメッセージがこめられている。恋愛情緒が、常夏への愛情やその美しさを一層強調している歌である。

なでしこ

夏《なつ》と秋《あき》と行《ゆ》きかふ《ウ》空《そら》の通《かよ》ひ路《ぢ》《イジ》はかたへ《エ》涼《すず》しき風《かぜ》や吹《ふ》くらむ《ン》

（一六八　凡河内躬恒《おおしこうちのみつね》）

夏《なつ》と秋《あき》とがすれ違《ちが》う空《そら》の通《かよ》い路《じ》は、片側《かたがわ》は涼《すず》しい秋風《あきかぜ》が吹《ふ》いているのだろうか。

✻詞書《ことばがき》には、暦の上の夏の最終日である水無月《みなづき》（旧暦六月）の末日《まつじつ》に詠んだとある。この当時、空には天上世界や夢など異空間への行き来をする通路《つうろ》があると考えられていた。そこを通って夏が去り秋がやって来るという発想は、概念である季節を物質化というよりも擬人化したもので、それぞれの季節に対する親しい思いが表れている。秋の到来を表す第一は涼風というのは漢詩文的で観念的な趣向であるが、それがもう吹いているだろうかと想像するのは、涼しさを求める思いからであり、実感であろう。暑い夏が終わり、ようやく涼しい秋がやってくるという期待に満ちた歌である。

◆巻第四《まきのだいよん》　秋歌上《あきのうたのじよう》

秋来《あきき》ぬと目《め》にはさやかに見《み》えねども風《かぜ》の音《おと》にぞ驚《おどろ》かれぬる

（一六九　藤原敏行《ふじわらのとしゆき》）

秋《あき》が来《き》たと目《め》にははっきり見《み》えないが、風《かぜ》の音《おと》によってハッと気《き》づいたことだよ。

✻詞書《ことばがき》に立秋《りつしゆう》に詠んだとある。暦の上での秋の到来であるが、視覚ではなく聴覚によって確認したところに特徴がある。

視覚的な秋の景物はもちろん紅葉であろう。また聴覚的には、蟋蟀《こおろぎ》・松虫などの秋の虫や雁・鹿があげられる。それにくらべると秋風は地味だ。しかし季節というのはこのような非生物的現象がまず変化し、それに生物が反応してその季節らしさが深まるものである。したがって秋風に気づいた感覚の鋭さ・細かさはやはり評価にあたいするものなのだ。
京都の夏は暑い。実感としても秋風は待ち遠しいものである。

暦と季節

「暦の上では春になりましたが、まだまだ肌寒い日が続きます」というコメントを天気予報などで耳にするが、現在の太陽暦と違い太陰暦を用いていた時代にも、暦が季節の目安になっており、また暦と実際の季節のズレもあった。

太陰暦では月の満ち欠けの周期、つまり二十九または三十日がひと月で、一年が三百五十四日であった。それを約十五日毎に分けたのが、立春・啓蟄《けいちつ》・夏至・大寒といった二十四節気《せっき》である。そして現在の暦と比べると一年に約十一日うまれるズレは、閏月《うるうづき》といってひと月まるまる増やすことによって調節していた。

当時の貴族は、具注暦《ぐちゅうれき》というカレンダー兼日記帳のようなものを正月に天皇から支給されるが、そこには暦が書かれており、日常生活には欠かせない情報だったのである。

暦の上の季節感も、理知的な『古今和歌集』の特徴のひとつであった。

天《あま》の川浅瀬《ガワがはあさせ》しら波《なみ》たどりつつ渡《わた》りはてねば明《あ》けぞしにける　（一七七　紀友則《きのとものり》）

天《あま》の川《がわ》の浅瀬《あさせ》を知《し》らないので、白波《しらなみ》をたどりながら渡《わた》りきらないでいると、夜《よる》が明《あ》けてしまったなあ。

✿七夕《たなばた》の翌朝、彦星《ひこぼし》の立場になっての歌である。「知らな（知らない）」と「白波」とは掛詞《かけことば》。この内容をそのまま受け取ると、織女《おりひめ》のいる対岸に渡れる浅瀬を知らないので、探しているうちに夜が明けてしまったということになる。つまり二人が逢えなかったということになってしまう。しかしそうではなく、逢っても思いが満ち足りないうちに夜が明けてしまったことを強調しているのである。恋人たちにとって一夜は短い。まして一年に一度しか逢えない長距離恋愛なら、こんな強調も決して大げさではないはずだ。

七夕は秋の最初の代表的行事で、織女や彦星などの立場になり、七夕の数日前から当日七日、翌八日などのように時間を細かく設定し、歌を作って楽しんだ。当時の人々にとっては、悲恋の主人公になって歌を作るという遊びもあったのである。

春霞《はるかすみ》かすみていにし雁《かり》が音《ね》は今《いま》ぞ鳴《な》くなる秋霧《あきぎり》の上《うへ》《ウエ》に

（二一〇　読《よ》み人知《びとし》らず）

春霞《はるがすみ》がかすんでいる中《なか》を飛《と》び去《さ》ってしまった雁《かり》が、今鳴《いまな》いているのが聞《き》こえる。秋霧《あきぎり》の上空《じょうくう》に。

✿春の帰雁《きがん》と秋の来雁《らいがん》を同時に詠み込んだ歌である。「雁が音」は、本来雁の鳴き声をいったが、雁そのものをさすようにもなった。また霞と霧は同じ気象状況だが、和歌では春は霞、秋は霧という。同じような状況の空を、春には帰っていった雁が今やって来る。しかしそれは霞や霧で見えないから、鳴き声で気づいたのだ。そこで聴覚的な助動詞の「なる」が効《き》いてくる。

秋を主題とした歌だが、「春霞」で始まるため、享受者は驚いたであろう。しかしふたつの季節を同時に詠み込むことは、短詩型文学である和歌にとって、ともすると逆効果にもなりかねない。長時間の変化を描写する文字数の余裕がないので、意表をつくだけの趣向で終わってしまうことがあるからである。

この歌は霞と霧の取り合わせによって風景が二重写しとなり、それがよい効果を生んでいる。

山里《やまざと》は秋《あき》こそことにわびしけれ鹿《しか》の鳴《な》く音《ね》に目《め》を覚《さ》ましつつ　（二一四　壬生忠岑《みぶのただみね》）

山里《やまざと》は秋《あき》が特《とく》に寂《さび》しいのだ。鹿《しか》の鳴《な》く声《こえ》に、毎晩何度《まいばんなんど》も目《め》を覚《さ》ましているよ。

✻山里《やまざと》はいつも人気《ひとけ》が少なく寂しいものだが、鹿の鳴き声のする秋はいっそう寂しい。『百人一首』（五）では猿丸太夫《さるまるだゆう》の作とされる次の歌も、同様の趣向《しゅこう》である。

奥山《おくやま》に紅葉《もみぢ》踏《ふ》み分《わ》け鳴《な》く鹿《しか》の声《こゑ》聞《き》く時《とき》ぞ秋《あき》は悲《かな》しき　（二一五　読《よ》み人知《びとし》らず）

（奥深い山で、紅葉を踏み分けて鳴く鹿の声を聞く時にこそ、秋は悲しいと感じることだよ。）

秋だけではなく、他の季節も寂しいことを知っているところからすると、山里に住んでいる人の立場での歌なのだろう。山里には、俗世間《ぞくせけん》の煩《わずら》わしさを避けて移り住む人がいたが、そんな事情だったのだろうか。それでも人恋しさを感じてしまうところに、人間らしい感傷がある。鹿の鳴き声は、繁殖期《はんしょく》に牡鹿《おじか》が牝鹿《めじか》に求愛するためのもので、人間の恋愛をも連想させるが、それが余情となっている。夜、一人寝《ひとりね》の肌寒い寝床で鹿の声を聞き、目を覚ますのだが、「つつ」という動作の反復・継続を表す言葉があるので、一晩に何回も、そしてそれが毎晩続き、冷え冷えと寝返りを打つ様子までがうかがえる。

花《はな》に飽《あ》かで何《なに》帰《かへ》《カエ》るらむ《ン》女郎花《をみなへし》《オミナエシ》多《おほ》《オオ》かる野辺《のべ》に寝《ね》なましものを

（一三八　平貞文《たいらのさだふん》）

花《はな》に充分満足《じゅうぶんまんぞく》しないでどうして帰《かえ》るのだろう。女郎花《おみなえし》が多《おお》く咲《さ》く野辺《のべ》に寝《ね》てしまおうと思《おも》うのに。

＊女郎花は秋の花で、細くたおやかな茎に小さな黄色い花を沢山つけるが、その名から女性に見立てて詠むことがほとんどであった。詞書《ことばがき》によると、この歌は嵯峨野《さがの》（京都市右京区の西部）で秋の花見をした後、一行が帰る際に詠まれたものである。野辺に寝

をみなへし

たいというのは、野宿までしてこの花見を続けたいという名残惜しさの表現である。それを女郎花に女性の面影を見ることにより、女性と共寝《ともね》をしようといって、一行を色っぽく誘うという趣向に仕立てている。

貞文が主人公とされる『平中物語《へいちゅうものがたり》』にも出てくる歌だが、いかにも色好《いろごの》みのプレイボーイとして有名であった彼らしい。

◆巻第五《まきのだいご》 秋歌下《あきのうたのげ》

白露《しらつゆ》の色《いろ》は一《ひと》つをいかにして秋《あき》の木《こ》の葉《は》を千々《ちぢ》に染《そ》むらむ
（二五七 藤原敏行《ふじわらのとしゆき》）

白露《しらつゆ》の色《いろ》は白《しろ》という一《ひと》つなのに、どのようにして秋《あき》の木《こ》の葉《は》を千《せん》もの色《いろ》に染《そ》めたのだろう。

✻紅葉の風景の不思議なほどの美しさを詠んだ歌である。
我々は露の色が白なのは水だからと考えてしまうが、当時は中国から広まった五行《ごぎょう》説《せつ》において、秋の色が白だから秋の代表的景物である露も白と考えられていた。そして露が染めて葉の色が変わるという発想は、染色が生活に根付いていた当時のものらしい。和歌の趣向として、紅葉が絹織物の錦《にしき》に見立てられることも想起してよいかもしれない。紅葉とはいうが、紅だけでなく黄など色は様々である。

そして全体を上句《かみのく》の「一つ」と下句《しものく》の「千」という数の対照でまとめている。同様の趣向としては、次の『百人一首』(二三)歌が思い出される。

月見《つきみ》れば千々《ちぢ》にものこそ悲《かな》しけれ我《わ》が身一《みひと》つの秋《あき》にはあらねど(一九三　大江千里《おおえのちさと》)

(月を見ると色々ともの悲しい。私一人だけの秋ではないけれども。)

五行説《ごぎょうせつ》

この宇宙が木《モク》・火《カ》・土《ド》・金《コン》・水《スイ》の五つの元素からできているという古代中国の思想で、陰陽思想や占いなど様々な分野に影響を与えた。

森羅万象《しんらばんしょう》がこの五元素の性質を持つとされ、特に木火金水の方角・色・季節・四獣はよく取りあげられる。木の東・青・春・青龍、火の南・朱・夏・朱雀、金の西・白・秋・白虎、水の北・玄・冬・玄武は知っておくとよい。

ちなみに東宮《とうぐう》(皇太子)を春宮と書いてトウグウと読ませるのも、五行で東と春が通じることによる。青春という言葉も、青と春が通じることによる。高松塚古墳やキトラ古墳の内部に四獣が描かれていたのはよく知られている。さて他にどんな影響があるだろうか。

心《こころ》あてに折《を》《オ》らばや折《を》《オ》らむ《ン》初霜《はつしも》の置《お》きまどは《ワ》せる白菊《しらぎく》の花《はな》

（二七七　凡河内躬恒《おおしこうちのみつね》）

もし当《あ》てずっぽうに折《お》るなら折《お》ろうか。今年初《ことしはじ》めての霜《しも》が置《お》いて、どれか分《わ》からないようにさせている白菊《しらぎく》の花《はな》よ。

＊『百人一首』（二九）にもはいっている名歌である。

菊は中国から輸入されたもので、奈良時代の『万葉集』では詠まれていない。これも本来は中国のものであった重陽宴《ちょうようのえん》（旧暦九月九日に菊花を浮かべた酒を飲み長寿を寿《ことほ》ぐ宴）が年中行事として日本に定着するとともに、菊合《きくあわせ》（一種の菊の品評会で、左右に分かれて菊花の美しさを競う行事）なども行なわれるようになり、この時代にはよく和歌の題材となった。現在でも「菊」が名前に入った日本酒が多いのは重陽宴の影響である。また当時は色が移ろった菊も好まれたが、この歌では純白である。

秋も深まった早朝の光の中で、初霜の白さと菊花の白さが渾然《こんぜん》一体となっている。その白さは純粋で、他を寄せつけないような、触れてはいけないような崇高な雰囲気がある。だからこそ、多少乱暴でも当てずっぽうに折らない限り、この手に入れようと思えないのではないだろうか。

菊

菊は秋を代表する花だが、日本に初めからあったのではなく、中国から輸入されたものである。奈良時代以前に既に渡来したが、なぜか『万葉集』には菊の歌が一首もない。『懐風藻《かいふうそう》』などの日本漢詩にあらわれるのは中国文学の影響として、和歌では『古今和歌集』から盛んに詠まれるようになる。これは『古今和歌集』成立直前の宇多朝において、菊が流行したことによるのだろう。

また菊といえば、重陽宴《ちようようのえん》には欠かせないものである。重陽宴は九月九日に、長寿を願って行なわれ、菊の花弁を浮かべた菊酒を飲んだり、女性は菊花においた露を綿に含ませて肌をぬぐったりした。菊には不老長寿をもたらす力があると信じられていたのである。

ちなみに現在日本酒の銘柄に「菊」がつくことが多いのは、こんなところに由来するのであろう。

奥山《おくやま》の岩《いは》《イワ》かき紅葉《もみぢ》《モミジ》散りぬべし照《て》る日《ひ》の光《ひかり》見《み》る時《とき》なくて

（二八二　藤原関雄《ふじわらのせきお》）

奥山《おくやま》の切《き》り立《た》った岩《いわ》の紅葉《もみじ》はきっと散《ち》ってしまうに違《ちが》いない。照《て》る日《ひ》の光《ひかり》を見《み》る時《とき》もないままに。そして同《おな》じように、私《わたし》もこのまま帝《みかど》のご威光《いこう》を拝《はい》見《けん》せずに終《お》わってしまうに違《ちが》いない。

✽詞書《ことばがき》によると宮仕《みやづか》えをせずに山に籠《こも》っていた時のものである。いわゆる述懐歌《しゅっかいか》（不遇などの思いを述べた歌）で、奥山の紅葉に自らの境遇を重ねている。

詞書がないと単に風景を詠んだ歌と解してしまいそうになるが、それでも紅葉が照る日を「見る時なくて」という擬人《ぎじん》に、紅葉への思い入れが感じられる。太陽の光を天皇とするのはよくある表現だが、美しい紅葉を自らの比喩《ひゆ》とするところに、自分自身の能力に対するそれなりの自負が表れていると考えたい。

立田姫《たつたひめ》手向《たむ》くる神《かみ》のあればこそ秋《あき》の木《こ》の葉《は》の幣《ぬさ》と散《ち》るらめ

（二九八　兼覧王《かねみのおおきみ》）

立田姫《たつたひめ》が手向《たむ》けをする旅《たび》の神《かみ》がいるからこそ、秋《あき》の木《こ》の葉《は》が幣《ぬさ》として散《ち》っているのだろう。

✿立田姫は奈良県にある竜田神社に祀《まつ》られている女神《めがみ》。立田山が平城京《へいじようきよう》の西（五行《ごぎよう》説《せつ》では秋の方角になる）にあり、なおかつ紅葉の名所であったことから始まった信仰であろう。

秋という季節の概念を立田姫という人格に仕立て上げることによって、自然物である紅葉を人工物である幣に見立てることがより一層効果的になる。そして幣の神聖《しんせい》さを重ねることによって、紅葉の美しさが崇高《すうこう》な輝きを纏《まと》うこととなる。その美しさはまさに神秘的ともいえるものである。

秋の神である立田姫が旅立つのだから、もう秋も残り少ない。美しい紅葉に対する名残惜しさも感じられる歌である。

紺谷光俊筆「龍田姫之図」石川県立美術館蔵

紅葉葉《もみぢば》《モミジバ》は袖《そで》にこきいれてもて出《い》《ン》でなむ秋《あき》は限《かぎ》りと見《み》《ン》む人《ひと》のため

（三〇九　素性法師《そせいほうし》）

紅葉《もみじ》の葉《は》は、枝《えだ》からしごき取《と》って袖《そで》の中《なか》に入《い》れて、きっと持《も》って出《で》よう。秋《あき》は終《お》わりだと見《み》るような人《ひと》のために。

✻都ではもう秋も終わりと思っているが、山に入るとまだ紅葉が残っているから、これを都の人へのお土産《みやげ》にしようというのである。

詞書《ことばがき》には、父の僧正遍昭《そうじょうへんじょう》と京都の北山にキノコ狩りに出かけた時の歌とある。つまり「花より団子」ではないが、「紅葉よりキノコ」というのが本来の目的のはずだ。

それでも食欲だけでなく、風流心を忘れないのが都人《みやこびと》の「みやび」なのである。

「こきいれてもて出《い》でなむ」は大げさな動作だが、紅葉への愛着心《あいちゃくしん》からのものである。それは過ぎ去る秋への、また土産を持っていく相手への愛情のあらわれでもあるのだ。

この歌は、今日の収穫のキノコと美しい紅葉に添えられて贈られたことだろう。

❦ 僧正遍昭《そうじようへんじよう》と素性法師《そせいほうし》

僧正遍昭は俗名を良岑宗貞《よしみねのむねさだ》という。弘仁七年（八一六）生、寛平二年（八九〇）没。桓武天皇の孫で、仁明天皇に蔵人頭《くろうどのとう》として仕え、出家後は元慶寺《がんぎようじ》を創設した。仮名序では「歌のさまは得たれども、まこと少なし。たとへば、絵にかける女《をうな》を見て、いたづらに心を動かすがごとし」とされる。歌の詠み方は体裁が整っているが、真実味に欠けるという批判である。

素性法師は遍昭の子供で俗名を良岑玄利《よしみねのはるとし》という。六歌仙ではないが、『古今和歌集』には三十六首が入集しており、重要な歌人である。

二人とも僧というイメージに留まらず、みやびを愛し、軽妙洒脱《けいみようしやだつ》な歌を得意としていた。

◆巻第六《まきのだいろく》　冬歌《ふゆのうた》

山里《やまざと》は冬《ふゆ》ぞ寂《さび》しさまさりける人目《ひとめ》も草《くさ》もかれぬと思《おも》へ《エ》ば
（三一五　源宗于《みなもとのむねゆき》）

山里《やまざと》は冬《ふゆ》にはいっそう寂《さび》しさが募《つの》るなあ。人目《ひとめ》も離《はな》れてしまい、草《くさ》も枯《か》れてしまうと思《おも》うので。

✻『百人一首』（二八）にも採られた名歌である。
山里はにぎやかな都とくらべ、春夏秋も人の訪れが少なくて寂しいが、冬は草が枯れて見るものもなくなり、その上雪に閉ざされてしまうので、人の訪れもなくなって一層寂しくなるというのである。山里に住む人の立場での歌だが、何年も住んでいるという感じはしない。むしろ住み始めて一年目の冬の、思った以上の寂しさに困惑しているという感じである。

後世には常套《じょうとう》表現となる「枯《か》る」と「離《か》る」の掛詞《かけことば》を最も早く用いた例のひとつである。しかしそのような技巧の理屈っぽさを感じさせないのは、冬の寂しげなイメージと人間の感情が素直に溶け合い、余情を含みもっているからなのだろう。荒涼《こうりょう》とした山里の風景は、寂しい心の象徴《しょうちょう》でもあるのだ。

掛詞《かけことば》・縁語《えんご》

和歌のレトリック（修辞技巧）は、他にも枕詞《まくらことば》・序詞《じょことば》・本歌取りなど様々あるが、『古今和歌集』を代表するのはやはり掛詞・縁語だろう。

掛詞は日本語の同音意義を用いた、いわゆる駄洒落《だじゃれ》に近いものだが、滑稽《こっけい》さではなく、文脈の複雑さとイメージの重層化をねらったものである。つまり一つの単語がふたつの意味を持つことにより、限られた音数内で、より多くの意味を持つことを可能とした。縁語は、一つの中心となる語からイメージされる言葉によって一首を構成するもので、連想ゲームといってよい。こちらは一首全体を一つのテーマでまとめることにより、複雑化した内容を統一する役割がある。

掛詞・縁語は特に恋歌に使われたが、いずれにしても当時の語彙《ごい》を知らないと、理解しにくい。よく使われる掛詞・縁語の例を知っておくとよいだろう。

掛詞の例

はる（張る・春）　ふる（降る・経る）　まつ（待つ・松）　かり（借り・雁）

あき（飽き・秋）　きく（聞く・菊）　おく（置く・起く）　おもひ（思ひ・火）

日・火）　あふ（逢ふ・逢坂）

縁語の例

糸・よりかくる・乱る・ほころぶ　梓弓・張る・射る　露・置く・消ゆ　時

雨・降る・葉・移ろふ　海松布《みるめ》・浦・海人《あま》・潮・干る・波・流る・寄る

み吉野《よしの》の山《やま》の白雪《しらゆき》踏《ふ》み分《わ》けて入《い》りにし人《ひと》のおとづれもせぬ《ズ》

（三二七　壬生忠岑《みぶのただみね》）

吉野《よしの》の山《やま》の白雪《しらゆき》を踏《ふ》み分《わ》けて、山《やま》に入《はい》っていった人《ひと》が、手紙《てがみ》もよこさないなあ。

✿奈良県にある吉野山は現在は桜の名所として有名だが、当時は雪深いイメージの方が強く、山岳信仰《さんがく》の対象で、神秘さと厳しさを合わせ持った土地であった。そのような雪深い吉野山へわざわざ分け入っていく、知り合いの修行者への思いを詠んだ歌である。

したがって「おとづれもせぬ」というのは、修行者の自分に対するつれなさを嘆いているというよりも、世を遁《のが》れて仏道修行に専念する相手への尊敬や吉野山の厳しい自然環境を気遣《きづか》っている表現と理解するのがよい。

吉野山〈雲海に浮かぶ蔵王堂〉

それでも相手への思いの強さから、後世には遠距離恋愛や別れた恋人への思い遣《や》りを詠んだものと読み替えられるようになり、例えば『義経記《ぎけいき》』では、兄の源頼朝《みなもとのよりとも》に追われる義経《よしつね》を思い遣る恋人の静《しずか》が、自らの思いを表現する歌として使用されている。

　吉野山に入っていく相手の姿は、様々なイメージを膨《ふく》らます浪漫《ろまん》的な要素を内包《ないほう》していたのであろう。

冬《ふゆ》ながら空《そら》より花《はな》の散《ち》りくるは雲《くも》のあなたは春《はる》にやあるらむ《ン》

（三三〇　清原深養父《きよはらのふかやぶ》）

冬《ふゆ》なのに空《そら》から花《はな》びらが散《ち》ってくるのは、雲《くも》のあちら側《がわ》は春《はる》だからだろうか。

✻実際には雪が降っているのだが、色の白さやヒラヒラ舞う動きという共通点から、花びらに見立てている。雪という言葉を使わないのも、技巧の一つである。

この歌の特徴は、地上は冬なのに花びらが散る理由を、雲のあちら側が春だからとしているところである。実は自らが色や動きの共通点によって見立てているのに、その理由を外部に求め、理屈づけているのはこの時代の特徴でもある。そして雲によって区切られた空間の、こちら側が冬であちら側が春とするところに発想やスケールの大きさが感じられる。

見えないはずの雲のあちら側から地上までヒラヒラと降ってくる雪が、天上から地上へ舞う花びらに見え、冬と春、二重写しの風景が幻想的な世界を目の前に出現させる。現実にはありえない、想像の世界の美しさを言葉によって構築している。

さらに冬の雪に春の花びらを見るのは、耽美的な関心からだけでなく、もっと根源的な、寒い冬から暖かい春への憧れの気持ちのあらわれでもある。暖かさを求める素直な気持ちが、一首をまとめ、理屈っぽさを目立たなくしている。

あさぼらけ有明《ありあけ》の月《つき》と見《み》るまでに吉野《よしの》の里《さと》に降《ふ》れる白雪《しらゆき》

（三三二　坂上是則《さかのうえのこれのり》）

夜明《よあ》け方《がた》、有明《ありあけ》の月《つき》かと見《み》るまで、吉野《よしの》の山里《やまざと》に降《ふ》り積《つ》もっている白雪《しらゆき》だなあ。

✿夜から朝への時間は、まだ夜が明け切らない暗い頃をさす「あかつき」から、ほのぼのと明けようとする頃をさす「あけぼの」、そして明るくなる直前の「あさぼらけ」と分けて認識されていた。したがってこの歌は、夜明け直前の一瞬をとらえたことになる。朝日が昇る直前だからこその、雪明かりの美しさである。

どうしてそのような時間に外を見ているのかは、分からない。しかし一面雪景色の美しさを、直接的にではなく、月光が照らしていると見立てることで表現している。吉野が雪深い土地であることを思えば、一層趣きは深くなるであろう。しかも有明の月とすることで、男女が別れる後朝《きぬぎぬ》のせつない雰囲気を想像させることにもなる。詞書《ことばがき》には大和国《やまとのくに》（現在の奈良県）に行った時の歌とあるから、後朝は有明の月という言葉のイメージに過ぎない。また有明の月が出る時間帯ではあるが、見立てられていることを思えば、実際には出ていないのだろう。それでもはかない白さが、余情を感じさせる歌である。『百人一首』（三一）にも採られている。

花《はな》の色《いろ》は雪《ゆき》にまじりて見《み》えずとも香《か》をだに匂《にほ》へ《ニオエ》人《ひと》の知《し》るべく

（三三五　小野篁《おののたかむら》）

花《はな》の色《いろ》は雪《ゆき》に混《ま》じって見《み》えなくても、せめて香《かお》りだけでも匂《にお》ってくれ。人《ひと》が知《し》ることができるように。

✽詞書《ことばがき》によると梅花に雪が降っているのを詠んだものである。

梅には紅梅《こうばい》と白梅《はくばい》があるが、この歌では雪と区別がつかないのだから白梅ということになる。絵画に描かれた梅は、鮮《あざ》やかな紅梅というイメージが強い。しかし和歌では、雪と白梅の取り合わせが『万葉集』以来の伝統である。一方、紅梅の色を詠むことは、屏風歌《びょうぶうた》（屏風に描かれた絵を題材として詠む歌）の隆盛《りゅうせい》とともに、まだ始まったばかりであった。

この歌では、白梅の存在を香りによって知りたいというのだから、梅の美しさを香りに代表させているようだが、雪とまがえることでその白さをも称揚《しょうよう》している。しかも冬の部立《ぶだ》てにあるので、根本にあるのは冬の寒さの中で咲いた梅に対する愛情と春への憧れという素直な気持ちである。それが梅を擬人化《ぎじんか》して、匂えと命令することにつながっている。

「人」というのは第三者的な表現だが、直接指すのは自分自身で、人々の気持ちを代表しているということなのだろう。みんなが同じ思いを、梅に、そして春に抱《いだ》いているのだ。

屏風歌《びょうぶうた》

平安時代の日本建築には、後の時代のように障子《しょうじ》や襖《ふすま》がなかった。そこで広い部屋を様々な道具で仕切って使っていた。その道具の代表的なものが屏風である。つまり屏風は、当時の生活には欠かせない道具だったのである。屏風の形には様々あるが、折り曲げられる六つの面（一つ一つを扇《せん》という）を持つ六曲屏風が基本的なものである。そしてその画面には、早くは唐絵《からえ》と漢詩が書かれたが、和風化するに従い大和絵と和歌が書かれるようになった。

このように屏風に描かれた絵を屏風絵といい、屏風絵とともに書き付けられたり、屏風絵を題材に詠まれた歌を屏風歌という。『古今和歌集』成立前後は、この屏風歌が盛んに製作されていく時代であり、紀貫之はたくさんの屏風歌を残している。

新玉《あらたま》の年《とし》の終《を》はり《オワ》になるごとに雪《ゆき》も我《わ》が身《み》もふりまさりつつ

（三三九　在原元方《ありわらのもとかた》）

一年《いちねん》の終《お》わりになる度《たび》に、雪《ゆき》がますます降《ふ》りながら、私《わたし》もますます古《ふる》くなっていくことだなあ。

✿「新玉の」は「年」の枕詞《まくらことば》、「ふりまさる」は雪が「降りまさる」のと自分が「古りまさる」の掛詞《かけことば》である。

当時の年齢は数え年《かぞえどし》であったから、生まれた時点が一歳で、それから正月を迎える度に一歳ずつ年をとっていくというものであった。したがって誕生日は関係なく、年が改まると一歳年をとる、つまり古くなるのである。

詞書《ことばがき》は「年の果てによめる」で、それを受けて「年の終わり」という言葉を使っているのだが、その響きが人生の終わりに近づいているという印象を与える。

年をとることからいえば、自分はどんどん古くなるだろうが、雪は毎年ますます降るわけではあるまい。しかしそれも心象風景として理解すれば、「まさる」という度合いの増し方や「つつ」という継続の表現が効《き》いている。さらに雪は白髪の比喩《ひゆ》として使われることも多かった。この歌では比喩ではないが、老いを詠む素材としてのイメージをもっていることが、余情《よじょう》となっている。

毎年しんしんと降り積もっていく雪が、人生の重みと深みをましていくという感のある歌である。

◆巻第七《まきのだいなな》　賀歌《がのうた》

我《わ》が君《きみ》は千世《ちよ》に八千世《やちよ》にさざれ石《いし》の巌《いはほ》《イワオ》となりて苔《こけ》の生《む》すまで

（三四三　読《よ》み人知《びとし》らず）

〓私《わたし》の大切《たいせつ》な君《きみ》は、人《ひと》の千倍《せんばい》も八千倍《はっせんばい》も永遠《えいえん》に生《い》きて、小《ちい》さな石《いし》が岩《いわ》になってそこに苔《こけ》が生《は》えるまで、長寿《ちょうじゅ》でありますように。〓

✻いわずと知れた国歌「君《きみ》が代《よ》」のもととなった歌である。「君」という言葉は、奈良時代には身分差のはっきりとした敬意の対象となる人物にしか使わなかったが、だんだんと敬意が下がる人にも使われるようになった。また「が」という助詞は親愛の情を含んだものである。したがってこの歌が詠まれた状況では、作者と君とは主従ではなく、愛情で結ばれた関係（例えば妻と夫）ではないかと考えられる。それが『古今和歌集』の賀歌《がのうた》の巻頭に置かれたため、天皇に対する歌としての理解が広まっていき、国歌とされるにいたったというのが現在の通説である。「よ」は「世」とすると人の一生をさし、「代」とすると天皇の治世をさすとされるが、ここでは前者の意。「千」「八千」は実際の数ではなく、ともに数の膨大さを指す言葉で、わざわざ二様に表現するのは強調であるが、現代語訳では数の印象を生かしてみた。また、小さな石が大きな岩になるというのは科学的にはありえないが、当時の中国文学にある考え方で、苔が生えることとともに非常に長い年月がかかることを表現するものである。

したがって「我が君は」以下の部分は、「永遠に」ということを三種類の表現を使うことによって強調しており、その一方で「永遠に」どうなのかということを省略していることになる。さて、どんな言葉が省略されているのか。当時は、四十歳から十年毎《ごと》に健康と長寿を願うお祝い（四十賀《よそじのが》・五十賀《いそじのが》などという）をしたので、そのような場で歌が詠まれた可能性が高い。現在、六十歳で行なう還暦《かんれき》のお祝いに近い感覚である。そうすると、長生きしますようにとか、健康でありますようにという言葉が省略されていると考えられる。

どこかのお祝いの席で詠まれた歌が伝承され、謡《うた》い継がれて読み人知らずとなり、宮中にも知られるようになって『古今和歌集』に採られることとなったのだろう。

◆巻第八《まきのだいはち》 離別歌《りべつのうた》

山風《やまかぜ》に桜吹《さくらふ》きまき乱《みだ》れなむ花《はな》のまぎれにたちとまるべく

（三九四 僧正遍昭《そうじょうへんじょう》）

山風《やまかぜ》に桜《さくら》の花《はな》が吹《ふ》かれて散《ち》り乱《みだ》れて欲《ほ》しい。花《はな》にまぎれて君《きみ》が足《あし》を止《と》めるように。

✻詞書《ことばがき》によると、平安京の北東にあって都を守護する比叡山延暦寺《ひえいざんえんりゃくじ》の、舎利会《しゃりえ》（仏《ぶっ》舎利《しゃり》供養の法会《ほうえ》）にやってきた常康親王《つねやす》（仁明《にんみょう》天皇の第七皇子）が帰る時に、桜の下でおくった歌である。別れを惜しみ、引き止める内容のもので、離別歌（人とお別れする時の歌）に分類される。

常康親王は雲林院《うりんいん》のみこともいわれる。雲林院はもとは淳和《じゅんな》・仁明天皇の離宮で常康親王が住んだ後、遍昭が受け継いで寺とした。当時の文人たちが集まる場所として知られていた。したがって二人は旧知の間柄で、この歌の内容は単なる挨拶《あいさつ》ではなく、真実味のこもったものと理解できる。

常康親王を直接引き止めるのは桜である。桜の花びらが道を見えなくするという趣向は、業平の次の歌が有名であるが、成立はこの歌の方が先のようだ。

桜花《さくらばな》散りかひくもれ老《お》いらくの来《こ》むといふなる道《みち》まがふがに　（三四九　在原業平《ありわらのなりひら》）

（桜花よ、散り乱れて目の前を曇らせてくれ。老いがやって来るだろうという道が見分けがつかなくなるように。）

作者の遍昭は僧でもあるし、法会の後に桜の花びらが舞うことを詠むのは、法会で使う散華《さんげ》の影響とも考えられる。しかしこの歌は実際に桜の下で詠まれており、また常康親王と遍昭がみやびによって交流をしていたという関係からも、耽美的なイメージをもって理解した方が適当ではないかと思われる。

舞い散る桜の美しさによって親王を引き止めるというのは、何とみやびではないだろうか。

むすぶ手《て》の雫《しづく》《シズク》に濁《にご》る山《やま》の井《ゐ》《イ》の飽《あ》かでも人《ひと》に別《わか》れぬるかな

（四〇四　紀貫之《きのつらゆき》）

すくって飲《の》んだ手《て》からの雫《しずく》で濁《にご》る山《やま》の井戸《いど》が充分《じゅうぶん》に飲《の》めないように、充《じゅう》分《ぶん》に話《はなし》ができないであなたと別《わか》れてしまうことだなあ。

✿詞書《ことばがき》には、志賀《しが》の山越《やまご》えの際に、旅人の休憩所《きゅうけいじょ》として設けられた石井《いしい》（湧《わ》き水《みず》を石で囲んでせき止めて作った水飲み場）で話した人と別れる時に詠んだ歌とある。この歌が第三勅撰和歌集である『拾遺《しゅうい》和歌集』（一二二八）に再び採られた時には相手は女性とされたのだが、その根拠は不明で、『古今和歌集』では性別は分からない。しかしそれでも恋歌めいた内容から女性と考える解釈が多く、元恋人ではないかという説もある。この旅を志賀寺（崇福寺ともいう）への物詣《ものもう》で（神社や寺院にお参りすること。特に女性が好み、時には泊まりがけで数日をかけた）と考えると、相手は女性という可能性が高くなるが、客観的証拠はない。また、離別歌は相手を自分の最も大切な人のように詠むものであったから、相手の性別にかかわらず恋歌めいた表現となるものであったということも忘れてはならない。

石井は浅いので、すぐに濁って飲めなくなる。おそらく休憩を取り、濁りが落ち着くのを待っている間に、行き合った旅人同士が世間話をしたのであろう。上句《かみのく》が今の情景を描写しており、それがそのまま下句《しものく》を導く序詞《じょことば》となっている。水の清冽《せいれつ》さが爽やかな印象を与えながら、飲むという行為が肉感的でもあり、それが相手に対する名残惜しさを強く表現している。「飽か」を「閼伽《あか》」（仏に供える水）の掛詞《かけことば》と考える説もあるが、詞書や歌の内容からは、そのように考える必然性はない。

後に藤原俊成《ふじわらのとしなり》が著書『古来風躰抄《こらいふうていしょう》』で絶賛しているが、当時から名歌として有名だったらしく、『貫之集』雑部には、方違《かたたが》えの為に貫之邸に来た人物に「雫に濁る」と同じような歌はもう詠めまいと帰る時にいわれて、「家《いへ》ながら別《わか》るるときは山《やま》の井《ゐ》の濁《にご》りしよりもわびしかりけり」（今家にいるまま別れる時の方が、あの山の井戸の濁った時の別れよりもつらいなあ）という歌を詠んだことが記されている。

◆巻第九《まきのだいきゆうき》　羇旅歌《りよのうた》

天《あま》の原振《はらふ》り放《さ》け見《み》れば春日《かすが》なる三笠《みかさ》の山《やま》に出《い》でし月《つき》かも

（四〇六　安倍仲麻呂《あべのなかまろ》）

＝天《てん》を仰《あお》ぎ見《み》ると、春日《かすが》にある三笠《みかさ》の山《やま》に出《で》ていたのと同《おな》じ月《つき》だなあ。＝

✻詞書《ことばがき》に、唐土《もろこし》（中国）で月を見て詠んだ歌とある。左注《さちゆう》に記されている、遣唐使であった仲麻呂が帰国する際、明州で行なわれた送別会での作ということも良く知られた逸話で、『百人一首』（七）にも採られた歌である。

仲麻呂は養老元（七一七）年に遣唐留学生として唐に渡り、楊貴妃《ようきひ》との悲恋で有名な玄宗《げんそう》皇帝に重用され、朝《ちよう》（晁）衡《こう》という中国名で官僚として活躍した。また詩人としても優れ、李白《りはく》や王維《おうい》とも交流があった。

当たり前だが、地球上のどこで見ても月は同じ一つのものである。この歌では、今明州の海辺で見る月と、昔三笠山に出ていた月を重ね合わせ、郷愁に浸《ひた》るとともに、これから帰郷できる喜びをこめたのだろう。海の月と山の月の対照的な姿を重ね合わせることにより、美しさを一層際立たせている。作者が日本を離れたのは、平城京に遷都して七年目。新都の東にある三笠山は見慣れたものであったはずである。しかし残念なことに、この歌を詠んだ時は船が難破《なんぱ》し、その後も彼は日本に戻れないまま、中国で没《ぼっ》することとなった。

紀貫之には印象深い歌だったのか、『土佐日記』にもこの歌は引用されている。

「安倍仲麻呂在唐詠和歌図」
富岡鉄斎　大正７年
㈶足立美術館（島根県安来市）所蔵

◆巻第十《まきのだいじゆう》 物名《もののな》

我《われ》は今朝《けさ》うひにぞ見《み》つる花《はな》の色《いろ》をあだなるものといふ《ユウ》べかりけり
（四三六 紀貫之《きのつらゆき》）

私《わたし》は今朝《けさ》初《はじ》めて見《み》たことよ。この薔薇《ばら》の花《はな》の色《いろ》を。それは移《うつ》ろいやすいと、いや美女《びじょ》のように美《うつく》しいというのにふさわしいものだったよ。

✿詞書《ことばがき》に「さうび」つまりバラとあり、それを物名歌《もののな》（物の名前などを、掛詞とは違い、文脈上の意味と関係なく詠み込んだ歌）として詠んだものである。「今朝初《けさうひ》に」に、バラの中国音読みである「さうび」が隠されている。

バラの花は中国では早くから鑑賞され、詩にも詠まれた。日本でも菅原道真の詩などにより平安時代初期には輸入されていたことが確認できるが、和歌の素材としては非常に珍しく、この歌がバラを詠んだ唯一の代表歌といってよい。それで『源氏物語』賢木《さかき》巻に出てくる宴会の場面など、バラが登場する後世の文学作品にも引用されている。

歌の内容としては、「あだ」を掛詞として、和語の「移ろいやすい、枯れやすい」という花の持つ性格にそった意味と、漢語の「婀娜《あだ》」つまり「女性の美しさ、なまめかしさ」の意味とを含み持たせたところが面白い。バラの美しさを女性的な美と見ているのである。漢語を掛詞として用いるのも珍しいが、バラが中国的な素材であったからであろう。

この歌は、白楽天《はくらくてん》の「薔薇《しょうび》正《まさ》に開き、春酒初めて熟す。因《よ》つて劉十九、張大、崔二十四を招きて同《とも》に飲む」（バラが咲き、新酒ができた。そこで友人の劉十九、張大、崔二十四の三人を招いて一緒に飲む）『白氏文集』という詩の影響を受けている。現在だったら大変な問題になるが、中国でも日本でも貴族が出勤前に酒を一杯引っ掛けるというのは、「卯酒《ぼうしゅ》」といってよくある行為だった。おそらく貫之がこの歌を作ったのも、白楽天の詩のように、早朝にバラを見ながら宴会をした席だろう。

宴席では、その場にあるものを題材として物名のような即興的な歌が作られた。それで物名歌には、一般的な和歌にはあまり詠まれない題材が多く使われている。次の歌も、和歌の題材としては珍しい食べ物の名である「なし」「なつめ」「くるみ」を詠み込んでいる。さてどこに隠されているか、分かるだろうか。

あぢきなし嘆《なげ》きなつめそ憂《う》きことにあひくる身《み》をば捨《す》てぬものから（四五五　兵衛《ひょうえ》）

（どうしようもない。そんなに嘆いてばかりいなさるな。嫌なことにあってきた身でも捨てることはないのだけれど。）

◆巻第十一《まきのだいじゅういち》 恋歌一《こいのうたのいち》

時鳥《ほととぎす》鳴《な》くや五月《さつき》のあやめ草《ぐさ》あやめも知《し》らぬ恋《こひ》《コイ》もするかな

（四六九　読《よ》み人知《びとし》らず）

時鳥《ほととぎす》が鳴《な》いているなあ。五月《さつき》のあやめ草《ぐさ》の季節《きせつ》だ。そのあやめ（道理《どうり》）も分《わ》からなくなる恋《こい》を私《わたし》はしていることだよ。

✻恋部《こいのぶ》の巻頭歌。したがって、題知らずだが〈初恋《はつこい》〉が主題と考えられる。ただし和歌における〈初恋〉は、「人生における最初の恋」ではなく「恋における初期の段階」である。

この歌では、上句《かみのく》が「あやめ」という同音繰り返しによる序詞になっているが、心象風景としての意味にも注意しなくてはならない。まず時鳥であるが、一五三番歌で触れたように、鳴き声によって恋心をかき立てられることが暗示されている。また

「あやめ草」も「文目《あやめ》（道理・分別の意）」との同音というだけではない。これはアヤメ科のアヤメ・ハナショウブではなく、サトイモ科のショウブで、五月五日の端午《たんご》の節句に、邪気払いとして軒先などに掛け、身にも付けた。植物の生命力を自分に移すという意味合いもあろうが、呪的《じゅてき》で神聖な植物として考えられていた。そして旧暦の五月は五月雨《さみだれ》つまり梅雨の季節で、たとえ恋愛が成就《じょうじゅ》しても、男性が女性のところに通うには難渋《なんじゅう》したであろう。また五月は結婚を避けるべき時期でもあった。このように恋心を抱き、さらにかき立てられながらも、それを実行するのに適さないのが五月だといえる。それでも季節の景物を取り込んで恋を告白したいところが、「あやめも知らぬ恋」ということなのだろう。

しかし告白にしては、下句《しものく》は相手の女性に訴えている調子ではない。これには、当時の贈答歌《ぞうとうか》のあり方として、初めての手紙から女性があまり返事を書くものではなかったことが影響している。それでこの歌のように、男性は自らの恋心を内省的に分析し、それを表現することによって、女性に自分の気持ちを分かってもらうという方法をとっていたのである。

春日野《かすがの》の雪間《ゆきま》を分《わ》けて生《お》ひ《イ》出《い》でくる草《くさ》のはつかに見《み》えし君《きみ》は《ワ》も

（四七八　壬生忠岑《みぶのただみね》）

春日野《かすがの》に降《ふ》り積《つ》もった雪《ゆき》の間《あいだ》をかき分《わ》けて生《は》えてくる草《くさ》のように、かすかに姿《すがた》が見《み》えたあなただなあ。

✿詞書《ことばがき》には、二月の春日祭《かすがまつり》の際に、見物に来ていた女性の家に贈った歌とある。若菜は正月のもの（一八番歌参照）だから、二月では時期的に遅いが、春日野の名物なので詠み込んだのだろう。

雪間から萌《も》える若草の可憐《かれん》な様子は、女性の若々しく瑞々《みずみず》しい美しさを連想させる。そして、それを序詞としてひと目惚れしたことを伝えようとしているため、作者自身の感情も初々《ういうい》しさが感じられるものとなっている。

相手が好きだという感情を直接表現していないのは、すぐれた技巧である。また当時の慣習として、女性は人前に姿をあらわすものではないから、ひと目見たということを伝えれば、女性の方も言いたいことはよく分かったのだろう。結びにある「はも」というのは平安時代には使われなくなっていったもので、当時としては古いという印象の言葉だが、古里である春日で出会った古風な女性という感じが出ている。

吉野《よしの》川《がは》《ガワ》岩《いは》《イワ》切《き》り通《とほ》《トオ》し行《ゆ》く水《みづ》《ミズ》の音《おと》には立《た》てじ恋《こ》ひ《イ》は死《し》ぬとも

（四九二　読《よ》み人《びと》知《し》らず）

吉野《よしの》川《がわ》の岩《いわ》を切《き》り崩《くず》して流《なが》れて行《ゆ》く水《みず》が大《おお》きな音《おと》を立《た》てるように、この恋《こい》心《ごころ》を表面《ひょうめん》に出《だ》すつもりはない。たとえあなたを恋《こ》い焦《こ》がれて死《し》ぬとしても。

✻「お医者様でも、草津の湯でも……」と歌われるように、恋は病にたとえられるほど、自分でもどうしようもないものである。だからといって、本当に恋の病で亡くなったという人の話は聞かない。ところが『万葉集』以来、「恋死《こいじに》」は和歌のテーマとして、長く歌い継がれてきた。『古今和歌集』にも「恋死」の歌が多くある。二首ほどあげておこう。

山高《やまたか》み下行《したゆ》く水《みづ》の下《した》にのみ流《なが》れて恋《こ》ひむ恋《こ》ひは死《し》ぬとも　（四九四　読み人知らず）

（山が高いので、物の下を隠れて流れる水のように、人目につかないように泣いて恋い慕おう。たとえあなたを恋い焦がれて死ぬとしても。）

人《ひと》の身《み》もならはしものをあはずしていざこころみむ恋《こ》ひや死《し》ぬると

（五一八　読み人知らず）

（人間の身というのは慣れ次第なのに。さあ試してみよう。あなたに逢わないで、恋い焦がれて死ぬかどうかを。）

それに加えてこの歌では、「恋心を打ち明けない」というテーマも詠み込んでいる。男性はむやみに恋を告白しないものであったが、それだけではなく自分の気持ちの軽々しくないことを証明し、また他人に自分の恋心や二人の関係を知られ、噂になることを避けるという意味もあった。上句は吉野川の激しい流れを序詞とし、その水音で表面に出すという意味の「音」を導いている。

そして、吉野川の激流は激しい恋心を象徴してもいるようだ。岩を崩すほどの流れにたとえられる激しい恋心でも表にあらわさないという決意に、男としての誇りを大切にし、また相手を大切にする気持ちがこもっている。恋とは本来、そのようなものであった。また今もそうであるべきではないだろうか。

人知《ひとし》れず思《おも》へ《エ》ば苦《くる》し紅《くれなゐ》《クレナイ》の末摘花《すゑつむはな》《スエツムハナ》の色《いろ》に出《い》でなむ《ン》

（四九六　読《よ》み人知《びとし》らず）

あの人《ひと》に知《し》られず思《おも》っていると苦《くる》しい。紅色《べにいろ》の末摘花《すえつむはな》の色《いろ》のように、この恋心《こいごころ》をはっきりと表《おもて》にあらわしてしまおう。

✻「末摘花」は『源氏物語』に登場する女性の呼び名として有名だが、本来は植物の紅花《べにばな》の異名で、染料の紅を採ることから「紅の」という枕詞《まくらことば》も使われた。また、はっきりと恋心を表明することの比喩であり、顔色に出ることも連想させる。『万葉集』に「外《よそ》のみに見《み》つつ恋《こ》ひなむ紅《くれなゐ》の末摘花《すゑつむはな》の色《いろ》に出《い》でずとも（巻十・一九九三）」（あなたのことを離れた所から見ながら恋しよう。紅の末摘花の色のように恋心を表にあらわさなくても）という歌があり、類似性が指摘されている。しかし「色に出づ」という類型は、この『万葉集』の歌のように打消の語を伴って「恋心を表にあらわさない」というのが通常の表現で、この『古今和歌集』の歌のように思いを伝えようと決意する歌は珍しい。

　末摘花の紅は、科学的な染料よりも瑞々《みずみず》しく鮮やかだ。当時の恋愛の習慣では、最初に恋を打ち明けるのは、男性の役割である。恋に煩悶《はんもん》した上で、それに耐え切れず告白する心境は、まさに紅色のように若々しく、相手をハッとさせるものであったろう。また紅を表現に取り入れることで、女性が化粧をする際の男性を意識している心理に、この告白の歌がすっと入り込んでくるような印象もある。

べにばな

◆巻第十二《まきのだいじゅうに》　恋歌二《こいのうたのに》

思《おも》ひ《イ》つつ寝《ね》ればや人《ひと》の見《み》えつらむ《ン》夢《ゆめ》と知《し》りせば覚《さ》めざらましを

（五五二　小野小町《おののこまち》）

あの人《ひと》を思《おも》いながら寝《ね》るから、あの人《ひと》が夢《ゆめ》で見《み》えたのだろうか。もし夢《ゆめ》と知《し》っていたのなら、目覚《めざ》めなかったのに。

✿恋歌における夢の趣向は、「相手が自分を思っているので、相手が夢に現れる」と「自分が相手を思うので、相手を夢に見る」という二つがあった。この歌の場合は後者になる。たとえ夢と知っていても逢えるならそれでよいとする下句の情熱的な表現から、逢えないという現実でのつらさがかえって強く感じられる。上句に原因を推量し、下句に反実仮想を使っているのに、それほど理屈っぽく感じられないのは、その情熱のせいだろう。

小町といえば夢の恋歌という印象がある。この歌は次の二首とともに恋二の巻頭を飾る。撰者たちには、一連の作品として享受するという意図があったのだろう。

うたた寝《ね》に恋《こひ》しき人《ひと》を見《み》てしより夢《ゆめ》てふものは頼《たの》みそめてき　（五五三　小野小町）
（転寝《うたたね》に恋しい人を夢に見てから、夢というものをあてにし始めてしまったことよ。）
いとせめて恋《こひ》しき時《とき》はぬば玉《たま》の夜《よる》の衣《ころも》を返《かへ》してぞ着《き》る　（五五四　小野小町）
（たいそうひどく恋しい時は夜着を裏返して着ることですよ。）

二首目は、転寝で逢えたことによって、夢を当てにするのだから、「相手が自分を思っているので、夢に現れる」ということなのだろう。しかもそれは、ほんのひと時の短い夢なのである。ほんのひと時でも、のがさず出てくる恋心の強さが感じられる。そしてさらに、それによって夢というもともと儚《はかな》いものを頼りにしなくてはならない、現実での恋の状況のつらさも想像される。

三首目はおまじないの歌。この他にも「袖を折り返す」など、夢で愛しい人と逢う方法はあった。しかしたいそう恋しい時でさえも、やはりそんなものに頼らなくてはならないところに、この恋の難しさがあらわれている。

以上のように見てくると、小町自身の思いが伝わってくるようだが、これらの作品が小町自身、あるいは女性の立場で詠まれたものとは限らない。あるいは男性の立場で詠んだものかもしれない。そして集中でも珍しい同一作者の作品を三首並べるという行為から、撰者たちも「題知らず」であるはずのこの三首に、なんらかの関係を感じ、また伝説的歌人となりつつあった小町に興味を持っていたことが窺《うかが》える。

夢

〈夢〉と〈うつつ〉（現実）。〈うつつ〉がままならないからこそ、〈うつつ〉への認識が〈夢〉の対し方へとあらわれる。恋における〈夢〉は、〈うつつ〉では逢えない相手と逢うというテーマがほとんどである。そして古代の考えでは、霊魂が身体を抜け出して相手に逢いにいくとされている。したがって、〈夢〉で相手に会うことは、相手が自分を思っているからであると理解された。

嫌いな人を夢に見たといって喜ぶ人はいない。そこで、相手が自分の夢に現れれば、ほとんどの場合、両思いということになる。そして好きな人を夢に見る、あるいは好きな人の夢に出るために、色々なおまじないがされた。それには、「夜衣を裏返しに着る」・「袖を折り返す」などがあった。

しかし一方で現代の我々の理解と同様、自分が相手を思うからこそ相手が〈夢〉に現れるという新しい考え方も出てくる。どちらにしても〈夢〉を題材にした恋歌には、ままならない〈うつつ〉ゆえに、はかない〈夢〉へ寄せるしかすべのない思いのせつなさが込められている。次の歌などは、大仰《おおぎょう》ではあるが、ひとつの極限的な精神状態を表現しているといえよう。

命《いのち》にもまさりて惜《を》しくあるものは見果《みは》てぬ夢《ゆめ》の覚《さ》むるなりけり

（六〇九　壬生忠岑）

（自分の命よりも惜しいと思われるものは、いつまで見ても見果てることのない、あなたとの逢瀬《おうせ》の夢が覚めてしまうことだなあ。）

夕《ゆふ》《ユウ》されば蛍《ほたる》よりけに燃《も》ゆれども光見《ひかりみ》ねばや人《ひと》のつれなき

（五六二　紀友則《きのとものり》）

『夕方《ゆうがた》になると、私《わたし》は蛍《ほたる》より一層《いっそう》燃《も》えるのに、光《ひかり》を見《み》ないからあの人《ひと》がつれないのだろうか。』

✿夕方は恋人の訪問の時刻である。この歌では、言葉としては使われていない「思ひ」が「火」の掛詞とされることを前提としている。つまり、自分の思いの火の方が蛍の光より激しく燃えて目立つのに、というのである。蛍は身近な存在として自分と比較されているから、庭にいると考えるのがよさそうだ。

作者である紀友則は男性だが、この歌は、自分の思いの火を男性の来訪の目印にするような、男性の来る戸外を気にしている女性の立場での歌という印象がある。恋歌というと、実生活での恋愛での歌と考えてしまいがちだが、この頃既に実際の性別とは違う立場、つまり男性が女性の立場、女性が男性の立場で歌を作ることがあった。しかもこの歌は、同一作者の歌が五首並ぶ中の二首目であり、詳しい事情は分からないが、撰者でもある友則が何らかの意図で自らの作品を配列したと考えることもできる。以下、他の歌にも触れておこう。

宵《よひ》の間《ま》もはかなく見《み》ゆる夏虫《なつむし》にまどひまされる恋《こひ》もするかな　（五六一　紀友則）

（宵の間でさえも、命はかなく見える夏虫よりも、一層迷いが増すような恋をするなあ。）

この歌が全体の一首目にあたる。先程の二首目とは、時間的にまだ夜浅いことと、やはり庭にいると思われる虫を題材にすることが共通する。しかしこちらの虫は惑っているように飛び回っている点が特徴的である。

笹《ささ》の葉《は》に置《お》く霜《しも》よりも一人寝《ひとりぬ》る我《わ》が衣手《ころもで》ぞさえまさりける　（五六三　紀友則）

（笹の葉に置く霜よりも、一人で寝る私の袖の方が一層冷え冷えとしているなあ。）

霜が置くのだから季節は秋から冬だろう。一人寝の寂しさを、霜の冷たさという物理的な寒さで表現したことに特徴がある。霜に触って冷たさを感じた経験があるということだろう。室内にいることの多い女性よりも、外出の経験の多い男性的な表現と考えることもできそうだ。一人寝は、男女どちらというわけではないが、この歌にも庭にあると思われる笹が使われている点は、前二首と共通する。

我《わ》が宿《やど》の菊《きく》の垣根《かきね》に置《お》く霜《しも》の消《き》えかへりてぞ恋《こひ》しかりける　（五六四　紀友則）

（私の家の菊の垣根に置く霜のように、消え入りそうな気持ちになっては、また恋しく思うことだなあ。）

やはり庭にある菊と霜を題材に使っている。この歌では自分の心理状態として、消え入りそうなせつなさとどうにもならない恋しさを詠んでいるが、霜が解ける様子を、室内から凝視《ぎょうし》している人物を想像させる。

川《かは》の瀬《せ》に靡《なび》く玉藻《たまも》の水隠《みがく》れて人《ひと》に知《し》られぬ恋《こひ》もするかな　（五六五　紀友則）

（川の浅瀬に靡いている美しい藻が水の下に隠れているように、人に知られない恋をするなあ。）

忍ぶ恋を主題とするが、上句の序詞に使われる藻の靡く様子は、女性の美しい黒髪を想像させる。そうするとこの歌も女性の立場のものだろうか。

この一連の作品については、色々考えられる。庭にある素材を用いて戸外を気にしているのは、恋人の来訪を待っている女性の心理とも考えられるが、一方で恋人の元を訪れたい、外に出たい男性の心理を表現しているとも考えられる。また一首目から四首目まではいずれも庭にある素材を使っているようだが、一首目と二首目は虫を題材として季節は夏であり、三首目と四首目は植物を素材として季節は秋であろう点が異なる。また五首目は川藻である。そして一首目は飛び回る夏虫だが、二首目は自らは待つ蛍であり、三首目は霜の冷たさを知っており、触れたことがあるが、四首目は霜が解ける様子を見ている。一首目・三首目は行動的だが、二首目・四首目は待つ姿勢と考えることもできそうだ。

もしかすると、このように考えを膨らますことが既に、友則たち撰者の思惑にはまっているのかもしれない。しかしそれがまた和歌を読む楽しみなのであろう。

女歌・男歌

歌の内容と性別の関係については、『万葉集』にも萌芽《ほうが》的記述はあるが、『古今和歌集』仮名序の六歌仙評に、小野小町について「強《つよ》からぬは、女《をうな》の歌なればなるべし（表現内容が強くないのは、女の歌であるからに違いない）」とあるのが、初めの指摘となろう。しかしこれは、小町が女性だから女らしい表現内容をもつという、歌人自身の性別と表現内容の一致を指摘するものに過ぎない。

一方広義には、歌人自身の性別と関係なく、表現内容によって女歌・男歌という用語の使われ方もするので、気をつけなければならない。例えば五六二番歌は男性の紀友則が女性の立場で詠んだので、男が詠んだ女歌とでも言おうか。このような詠法は、プロの歌人が虚構の世界を構築するために行なったようだ。

現代でも流行歌などで、作詞者本人とは異なる性別の立場になって作詞をすることはむしろ普通に行なわれているが、それにも歴史的経緯《けいい》はあるのだ。

五月山《さつきやま》木末《こずゑ》《コズエ》を高《たか》み時鳥《ほととぎす》鳴《な》く音《ね》空《そら》なる恋《こひ》《コイ》もするかな

（五七九　紀貫之《きのつらゆき》）

陰暦五月《いんれきごがつ》の山《やま》の梢《こずえ》が高《たか》いので、時鳥《ほととぎす》の鳴《な》き声《ごえ》が空《そら》にあるように、私《わたし》の恋《こい》心《ごころ》も空《そら》にある、そんな恋《こい》をしているなあ。

✻陰暦五月は梅雨の季節でもあり、緑が鬱蒼《うつそう》とした山は、恋心の鬱屈《うつくつ》したイメージである。時鳥が恋心を催《もよお》す鳥だということは、一五三・四六九番歌で触れたが、それはまた「音羽山《おとはやま》今朝越え来れば時鳥梢《こずゑ》遥かに今ぞ鳴くなる（一四二　紀友則）」（音羽山を今朝越えてくると、時鳥が梢遥か高くで、ちょうど今鳴くのが聞こえるなあ）と詠まれるように、高いところで鳴く鳥でもあった。

この歌のもう一つの特徴は「空なる恋」という語だが、これは貫之が『万葉集』以来の表現を工夫したものである。『万葉集』には「立ちて居てたどきも知らず我が心天《あま》つ空なり地《つち》は踏めども（巻十二・二八八七）」（立っても座ってもあの人に逢う方法もわからない。私の心は空にある。体は地を踏んでいるが）のように、「心は空にある。体は地を踏んでいるが」という言い回しが見られる。いわゆる「上の空」という状態である。それが『古今和歌集』になると、体の表現を省略し、「初雁《はつかり》のはつかに声を聞きしより中空《なかぞら》にのみ物を思ふかな（四八一　凡河内躬恒）」（かすかにあの人の声を聞いてから、上の空で物思いをするなあ）のように、心に焦点を絞るようになる。貫之自身にも「人を思ふ心の空にある時は我が衣手《ころもで》ぞ露けかりける（『貫之集』六一五）」（人を思う恋心が空にある時は私の袖は涙で湿っぽいことだなあ）という歌がある。

　この歌では、その発想を「恋もするかな」という表現（四六九番歌参照）と結びつけている。「五月山」・「梢で鳴く時鳥」・「上の空」・「恋もするかな」という、ひとつひとつではどうということない表現を、「空なる恋」という語によって再生して見せたといっても過言ではない。貫之の歌作りの一面が垣間見《かいまみ》られる作品である。

越《こ》えぬ間《ま》は吉野《よしの》の山《やま》の桜花《さくらばな》人《ひと》づてにのみ聞《き》きわたるかな

（五八八　紀貫之《きのつらゆき》）

越《こ》えないうちは、吉野《よしの》の山《やま》の桜《さくら》の花《はな》は人《ひと》づてに噂《うわさ》を聞《き》き続《つづ》けるばかりだなあ。

✻詞書《ことばがき》から、大和国（今の奈良県）に住んでいた女性に贈った歌だということが分かる。もともと紀氏は紀伊国（今の和歌山県）と関係が深いから、平安京からも行き来があったであろうし、貫之が官人として畿内《きない》を旅行していることは他の歌からも明らかであるから、大和を通りかかった時に、噂を耳にした女性なのだろう。また、彼の実際の人生における恋愛の詳細は分からないことが多く、この歌はその点でも資料として貴重である。

女性を桜に喩《たと》えるのは、この歌が作られたのが春だからだろう。そして桜は美しさばかりでない。「聞きわたる」とあるから時間の経過が表現されているが、その一方で桜のはかなさが連想され、散る前に女性と逢いたいというはやる気持ちをも表しているのである。

吉野山は今でこそ桜が有名だが、この当時は雪深い土地としての性格の方が強かった。そんな中で、仮名序とこの歌に吉野山の桜が出て来るのは、もっとも古い例であり、それがともに貫之の表現であるということにも注意しておく必要があるだろう。

◆巻第十三《まきのだいじゅうさん》　恋歌　三《こいのうたのさん》

起《お》きもせず寝《ね》もせで夜《よる》を明《あ》かしては春《はる》のものとてながめくらしつ

（六一六　在原業平《ありわらのなりひら》）

起《お》きもしない、寝《ね》もしないで夜《よる》を明《あ》かしては、春《はる》のものと思《おも》って長雨《ながあめ》を眺《なが》めつつ物思《ものおも》いにふけって一日《いちにち》を暮《く》らしたことよ。

✿詞書には、三月一日からこっそりと女性と言い交わした後、雨のそぼ降る中を贈った歌とある。長雨は春の景物であった。また『伊勢物語』第二段では、容貌よりも心のまさった人妻が相手となっている。「こっそりと」や「起きもせず寝もせで」というのは、そのあたりの事情も考慮してのことなのだろう。

昨夜は女性と過ごしたのである。「起きもせず寝もせで」という表現からすると、夢見心地ではあったろうが、まだ満足していないようだ。それで相手の女性を一日中思っているのだろう。春雨の鬱屈《うっくつ》した雰囲気《ふんいき》が、満たされない恋心にぴったりである。しかし長雨が降っていることを主張するのは、あるいは今日は女性のもとへ行けない（行かない？）ことを暗示しているのかもしれない。

「ながめ」は「眺め（物思いにふける）」と「長雨」の掛詞で、よく使われるものだが、この歌と次にあげる小野小町の歌が、現存する最古の用例となる。

花《はな》の色《いろ》は移《うつ》りにけりないたづらに我《わ》が身世《みよ》にふるながめせしまに　（一一三　小野小町）

（花の色はあせてしまったなあ。むなしくも、私の身が世を経て古くなり、長雨が降って、物思いにふけっている間に。）

この小町の歌は『百人一首』（九）にも採られている（121ページ図版参照）。

見《み》るめなき我《わ》が身《み》をうらと知《し》らねばやかれなであまの足《あし》たゆくる

（六二三　小野小町《おののこまち》）

海松布《みるめ》も生《は》えない浦《うら》と知《し》らないから、離《はな》れないで海人《あま》が足《あし》がだるくなるほどやって来《く》るのか。それと同《おな》じように、逢《あ》う機会《きかい》もない自分《じぶん》の身《み》を嫌《いや》だと思《おも》わないから、離《はな》れることなくあの人《ひと》は足《あし》がだるくなるほどやって来《く》るのか。

✿「みるめ」が海藻の「海松布」と男女が逢う機会の「見る目」との、「うら」が「浦」と「憂《う》（し）」との掛詞になっている。そして「海人」は自分の所に通ってくる男を比喩したものである。

このような歌は、作者である小町自身の経験と思ってしまうが、題知らずなので詠まれた状況はわからない。従って、「海人」が男の比喩というのも、作者の小町が女性だからではなく、当時の習慣では通ってくるのが男だから分かることなのである。

それでも恋愛の歌には珍しく、愛情を受け入れる気の無い相手を冷静な目で観察している特異なキャラクターなどから、男に冷淡な小町像が作り上げられる一つの要因となった歌である。

恋歌にはこのように海人の行為を表現として利用するものが多い。「海人」は「海女」ではなく、漁師全般を指す。平安京には海がないので、当時の貴族には興味深いものであったろう。

有明《ありあけ》のつれなく見《み》えし別《わか》れより暁《あかつき》ばかりうきものはなし

（六二五　壬生忠岑《みぶのただみね》）

空《そら》に残《のこ》る有明《ありあけ》の月《つき》と同様《どうよう》に、あの人《ひと》がつれなく見《み》えた別《わか》れの時《とき》から、暁《あかつき》ほど嫌《いや》なものはないなあ。

✻『百人一首』（三〇）には、後朝《きぬぎぬ》の別れをつれなくせかす月という解釈で採られた。しかし『古今和歌集』の配列では、逢ってくれない女性と、空しく帰る自分を見ている月とがともにつれなく感じられ、嫌な記憶となっているというものである。逢ってくれないのに一晩中待っていたことを想像すると、一層のつらさが身に沁《し》みる。一体何のために一晩を過ごしたのか、やりきれなさでいっぱいだっただろう。

有明の月は夜が明けても空に残っている月で、後朝のせつなさの象徴として用いられる。しかしこの歌の場合は、冷徹な月にまで蔑《さげす》まれているように感じたのである。

しののめのほがらほがらと明《あ》けゆけばおのがきぬぎぬなるぞ悲《かな》しき

（六三七　読《よ》み人知《びとし》らず）

明《あ》け方《がた》の空《そら》が、ほんのりと明《あか》るくなっていくと、自分《じぶん》の衣《ころも》をそれぞれ身《み》につける――そうして別《わか》れの後朝《きぬぎぬ》になる――のが悲《かな》しいことだなあ。

✿当時は通い婚であるから、男性は夜が明けると女性のところから帰らなければならない。空が明るくなり、別れの時を告げている。その空はほんのりとして、別れ直前の二人の心のように、心細いものである。「しののめ」は篠《しの》の目、つまり簾《すだれ》などの間から光が差し込んでくるのが原義というが、後朝の帰り道を「しののめの道」ともいった。

夜具は本来、着ていた衣を脱いで布団のように掛けたものである。この時代には衾《ふすま》（掛け布団のような夜具）が用いられていたが、この歌には二人の着物を一緒に掛けていたのに、またそれぞれの衣を着るという、まさに一体で過ごした夜から、離れ離れになるようなイメージがある。この「衣々《きぬぎぬ》」から、男女が逢った後の朝を「後朝」と書いて「きぬぎぬ」というのである。衣は形見として残すような、心のこもったものでもあった。それを着ているというのは、淡々とした行為のように描きながら、深く感じるものがある。作者は男女どちらとも分からないが、出ていく準備である着替える様子を見つめる視線は、女性的とも考えられよう。

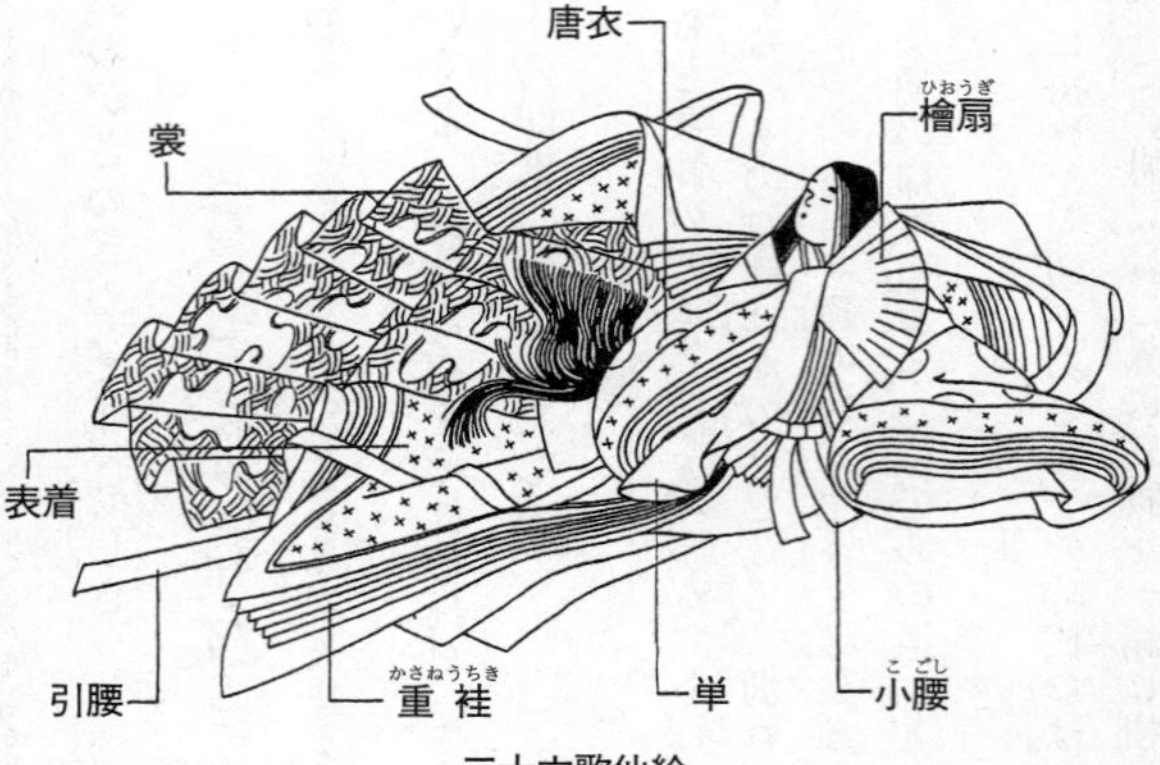

三十六歌仙絵

君《きみ》が名《な》も我《わ》が名《な》も立《た》てじ難波《なには》《ナニワ》なる見《み》つともいふ《ウ》な逢《あ》ひ《イ》きともいは《ワ》じ

（六四九　読《よ》み人知《びとし》らず）

あなたの噂《うわさ》も私《わたし》の噂《うわさ》も立《た》てるつもりはない。難波《なにわ》にある「御津《みつ》」ではないが、「私《わたし》を見《み》た」とも言《い》うな。「網引《あび》き」ではないが、「あなたと逢《あ》った」とも言《い》うつもりはない。

✿「難波なる」で「御津」と「網引き」を導き出し、それぞれ「見つ」・「逢ひき」との掛詞にしている。難波は古代から朝廷の港であったことから「御津」といわれた。また漁業も盛んで「網引き」の漁の風景も見られたのであろう。「見つ」・「逢ひき」はほぼ同じ意味で、実際には男女が共寝をしたことを指す。

上句と「逢ひきともいはじ」とは、打消意志の「じ」が使われていることで分かるように、自分の意志を示している。すると「見つともいふな」だけが、相手に対する命令で、ここがこの歌の主眼となろう。自分は言わないのだから、相手さえ言わなければ、二人の仲が他へ漏れる心配はないのである。

古代から、恋が世間の噂になることは、避けるべきこととされていた。噂によって、逢う機会も減るだろうし、あらぬ誤解が生じるということもある。この歌の強い口調はそれだけではない秘密の強さを感じさせなくもないが、このような歌は多いから、実際には恋の初期段階で、周囲に気兼ねなく逢いたいという気持ちが根底にあるのだろう。

◆巻第十四《まきのだいじゅうよん》　恋歌四《こいのうたのよん》

石上布留《いそのかみふる》の中道《なかみち》なかなかに見《み》ずは恋《こひ》《コイ》しと思《おも》は《ワ》ましやは《ワ》

（六七九　紀貫之《きのつらゆき》）

石上《いそのかみ》の布留《ふる》にある中道《なかみち》のように、昔《むかし》の恋人《こいびと》でももし逢《あ》わないなら、かえって恋《こい》しいと思《おも》わないだろうに。

✿「石上」「布留」はともに、奈良県天理市の地名。古く都があり、「布留」が「古」に通じること、また石上神宮があることから、古風で神聖なイメージの土地である。「中道」は詳細未詳だが、普通名詞的によくある地名なので、あるいは貫之が「なかなかに」を導き出すために創り出したのかもしれない。二人の間を繋《つな》ぐ道としてのイメージもある。「中道」までの序詞をうけて、「なかなかに」以下が心情を表現している。反実仮想

石上神宮拝殿（国宝）　奈良県天理市

の「まし」が使われているから、実際には再会し、昔日《せきじつ》の恋しい気持ちが呼び起こされたのである。しかしよくある「焼けぼっくいに火がついた」というだけのものではあるまい。

序詞の土地のイメージそのままに、昔のままの大切な思い出として手をつけずにおきたかったという気持ちがどこかにあるのだろう。時間を経《へ》ることによって、相手は心の中で偶像《アイドル》となっているのだ。しかしそれだからこそ、再会後の恋しさも、いっそう激しく生々《なまなま》しく募《つの》るのである。

狭莚《さむしろ》に衣《ころも》片敷《かたし》き今宵《こよひ》《ゴヨイ》もや我《われ》を待《ま》つらむ宇治《うぢ》《ウジン》の橋姫《はしひめ》

（六八九　読《よ》み人知《びとし》らず）

狭《せま》い莚《むしろ》に自分《じぶん》の衣《ころも》だけを敷《し》いて、今宵《こよい》も私《わたし》を待《ま》っているのだろうか。あの宇治《うじ》の橋姫《はしひめ》は。

✻莚に、本来なら二人の衣を敷くところを、その片方、つまり自分の衣だけを敷いて、男を待っている女を思い遣《や》った歌である。このような状況の女性は「待つ女」といい、夜離《よが》れ（男性が女性のもとへ通わなくなること）が始まる恋愛後期の典型である。「狭莚」の「さ」は接頭語との説もあるが、狭い寝床で輾転反側《てんてんはんそく》（寝返りを打って悶々《もんもん》としていること）しているイメージがある。

この歌で問題なのは「宇治の橋姫」で、「宇治橋を守護する女神」・「宇治に住む妻や愛人」・「宇治橋の遊女」などの説があるが、はっきりしない。賀茂真淵《かものまぶち》は「はし」

と「愛《は》し」を掛詞と見て、「愛しい妻」との意だとする。

宇治は『源氏物語』宇治十帖（この歌を受けた「橋姫」という題名の巻がある）の舞台だが、平等院（藤原道長の別荘を寺とした）があるように平安京郊外の静かな別荘地で、大和へ向かう交通の要衝《ようしょう》でもあった。したがって遊女の類がいたと想像される。この歌には、女性に対して距離をもって眺めている印象がある。恋愛後期とはいっても、人生をともにした妻のような存在より、馴染みの遊女と解する方が良いのではないか。「今宵も」とあるので、この男性はもう幾晩も女性のもとに行っていないのだ。

この歌は後世「橋姫伝説」と呼ばれる話のもととなり、男性に裏切られて怨む女性というイメージを膨《ふく》らませていくが、それは謡曲《ようきょく》「橋姫」などに結実していく。

今来《いまこ》むといひしばかりに長月《ながつき》の有明《ありあけ》の月《つき》を待《ま》ち出《い》でつるかな

（六九一　素性法師《そせいほうし》）

「すぐにお前《まえ》のところへ行《い》こう」とあの人《ひと》が言《い》ったばかりに、長月《ながつき》の有明《ありあけ》の月《つき》が出《で》るまで待《ま》ってしまったなあ。

✻「今来む」は相手の男性の言葉で、来訪を知らせてきたものであるが、直接話法的な表現が、生き生きとした印象を与えている。しかし結局男性は来なかったのだから、それは男性の側のものではなく、知らせを受けた女性のうきうきと昂《たか》ぶる気持ちを反映したものととるのがよい。

長月は旧暦の九月で、秋の終わりの月である。また有明の月は月後半のものだから、晩秋の夜長を過ごして、夜が明けるまで男性の来訪を待っていたということが分かる。有明の月の、寂しくはかなげなイメージが情趣を添える。この歌を『百人一首』（二一）に選んだ藤原定家は秋の初めからずっと待っていたと考えているが、『古今和歌集』の配列からすると、この前後はひと晩待っていたという歌が並んでいるから、やはりひと晩とするのがよさそうだ。

作者の素性法師は出家の身であるが、このように女性の立場になって歌を詠むのが得意であった。

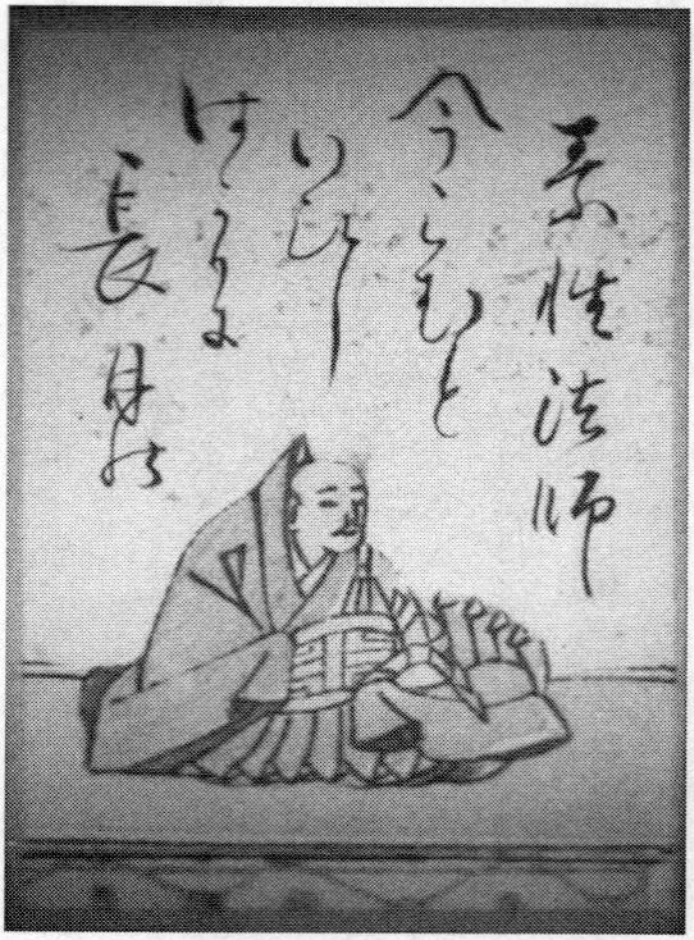

月夜《つきよ》よし夜《よ》よしと人《ひと》に告《つ》げやらば来《こ》てふ《チョウ》に似《に》たり待《ま》たずしもあらず

（六九二　読《よ》み人知《びとし》らず）

「月《つき》がきれいですね。いい夜《よる》ですね」とあの人《ひと》に告《つ》げてやったら、「おいでなさいな」というのに似《に》ている。だから待《ま》たないわけではない。

✤平安時代の恋愛は通《かよ》い婚で、女性は男性の訪れをひたすら待つという受身的なものだった。だから女性は、男性の来訪をどのように催促《さいそく》するかに心を砕《くだ》いた。

この歌では月がきれいだということにより、夜道が明るく外出しやすい状況を伝え、来訪を催促している。しかし催促より月がきれいだというみやびが前に出ており、そこにかわいらしさが感じられる。また「待たずしもあらず」という二重否定にも、強い肯定《こうてい》よりは待っているとはっきりいわないいじらしさを感じる。

これでやって来ない男性なら、随分鈍《ずいぶんにぶ》いと言わざるを得ない。

渡津海《わたつみ》とあれにし床《とこ》を今《いま》さらに払《はら》はば袖《そで》や泡《あわ》と浮《う》きなむ

（七三三　伊勢《いせ》）

二人《ふたり》が離《はな》れ離《ばな》れになり、私《わたし》の涙《なみだ》で海《うみ》のように荒《あ》れてしまった寝床《ねどこ》を、もし今《いま》さら払《はら》い清《きよ》めるなら、私《わたし》の袖《そで》はきっと泡《あわ》となって浮《う》くことでしょう。

✻「渡津海」は海。「あれ」は、「離《あ》れ」と「荒《あ》れ」の掛詞になっている。男性の来訪がなく荒れた寝床を、自らの涙で海のようになっているとするのは、悲しみを強調しているにしても大袈裟《おおげさ》な表現である。しかし下句に「泡と浮きなむ」という縁語を使って一首をまとめあげ、恋の情緒という大海に翻弄《ほんろう》されるイメージを髣髴《ほうふつ》とさせることに成功している。

袖で寝床の塵《ちり》などを払うのは、男性の来訪があり、共寝をするための準備だから、それが泡になるというのは無駄な行為であり、つまり男性の来訪などもう見込めないということになる。

この歌は『伊勢集』や『後撰和歌集』では、以前の恋人であり、再会を求める藤原仲平への返歌となっている。「今さらに払はば」という仮定の表現で、再会の可能性がなくはない素振りを見せながらも、内容としては拒絶の歌になっているところが、女歌らしいといえよう。

◆巻第十五《まきのだいじゅうご》　恋歌五《こいのうたのご》

月《つき》やあらぬ春《はる》や昔《むかし》の春《はる》ならぬ我《わ》が身《み》ひとつはもとの身《み》にして
（七四七　在原業平《ありわらのなりひら》）

月《つき》は、あの人《ひと》がいた昔《むかし》のままの月《つき》ではないのか。梅《うめ》の花《はな》が咲《さ》く春《はる》も、昔《むかし》のままの春《はる》ではないのか。私一人《わたしひとり》だけがもとのままであって。

✤詞書によれば、一年前に連絡もなしに他所《よそ》へ移ってしまった恋人を思い、彼女が住んでいた五条后《ごじょうのきさき》の西の対へ行って、詠んだ歌である。

古来、「や」が疑問なのか反語なのか意見が分かれている。初唐の詩人である劉希夷《りゅうきい》の「代白頭吟」の一節「年年歳歳《ねんねんさいさい》花相似《あい》たり、歳歳年年人同じからず」（毎年花は同じように咲くが、人は同じではない）に代表される、「自然は不変だが人事は無常」という観念の影響を受けているという指摘もされている。そうすると疑問よりは反語の方が適当だろう。

一方でこの歌は、仮名序の六歌仙評に「心あまりて詞足《ことば》らず」とされる業平の典型的な歌として考えられてきた。そうすると言いさしの感のある疑問の味わい深さも捨てきれない。

学問的には色々あるが、印象批評的に疑問と反語のどちらがいいかを考える楽しみがあるのも、この歌のいいところと思ってみるのはどうだろう。そんな鑑賞の仕方もあるのではないか。いずれにしても「我が身ひとつ」は強い表現で、月や春だけでなく、昔の恋人やこの世界全体とも対照されている。

相手の女性は『伊勢物語』第四段などによって、清和天皇后で陽成天皇母となった二条后《にじょうのきさき》藤原高子《たかいこ》であるとされる。業平と二条后の恋愛物語自体が、現実と虚構のギリギリで成立している。春の朧月《おぼろづき》の下で梅の香りに包まれて、未《いま》だ彼の中では昔日《せきじつ》のものとはなっていない恋にもだえる姿は悩ましいものであり、その愛情の激しさとせつなさは恋愛物語の主人公にふさわしいといえよう。

在原業平《ありわらのなりひら》

天長二年（八二五）生まれ、元慶《がんぎょう》四年（八八〇）五月二十八日没。父は平城天皇の第一皇子である阿保《あぼ》親王、母は桓武天皇の皇女である伊都《いと》内親王だが、天長三年（八二六）に臣籍降下（皇族から離脱し臣下になること）した。

国史である『三代実録《さんだいじつろく》』では姿形が美しく、気ままな行動をとる人で、官人としての知識は無いけれども、和歌を作るのがうまかったとされている。また仮名序では「その心あまりて詞《ことば》足らず。しぼめる花の色なくて匂ひ残れるがごとし」とされる。情熱の歌人である。

また業平は『伊勢物語』の主人公と目されている。業平の実人生と物語は全く同じではないものの、色好みなどイメージとして重なる部分はやはり大きい。

あひ《イ》にあひ《イ》て物思《ものおも》ふ《ウ》頃《ころ》の我《わ》が袖《そで》に宿《やど》る月《つき》さへ《エ》濡《ぬ》るる顔《かほ》《カオ》なる

（七五六 伊勢《いせ》）

あんなに何度《なんど》も逢《あ》って、そうして思《おも》い悩《なや》む頃《ころ》の私《わたし》の袖《そで》に宿《やど》る月《つき》までも涙《なみだ》で濡《ぬ》れるような顔《かお》だなあ。

✽ずっと付き合ってきながらも、相手の心変わりは止められない。「物思ふ頃」というのはそのような気配のある、恋愛後期である。

上句は心情というより恋愛状況の説明であり、下句は眼にした自然の描写である。もちろん単なる描写ではなく、「涙」の語を使わずに自分

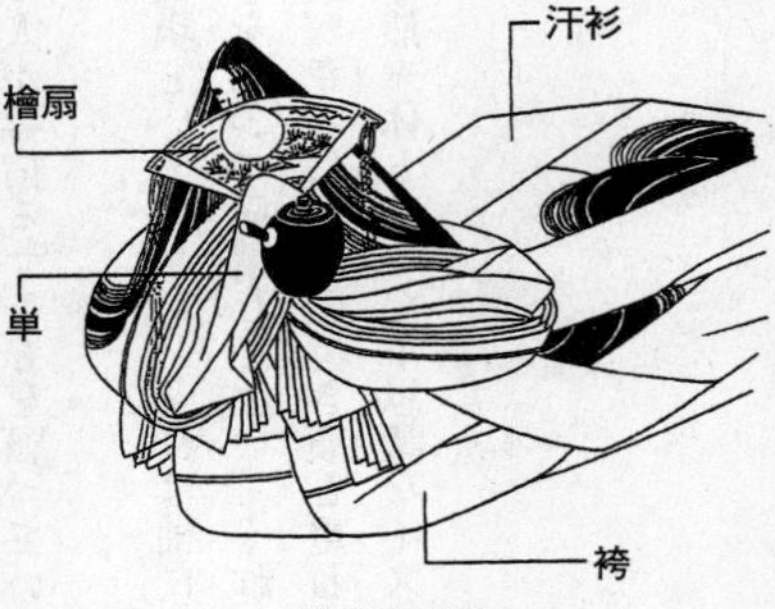

枕草子絵巻

が泣いていることを表現し、月が「宿る」よりもあの人が「宿る」ことを願っていると思わせる言葉遣いはさすが伊勢といえよう。

その中でも、月が「濡るる顔」というのは珍奇な表現といえようが、それは袖においた涙に映っているからだけではない。自分の気持ちを知って同情して泣いてくれる存在としての月は、擬人法というに留まらない。それがさらに自らの泣き顔と重ね合わさることによって、月光の下で待つ女の構図が、渾然一体となった不思議なイメージとして感じられる。

色見《いろみ》えで移《うつ》ろふ《ウ》ものは世《よ》の中《なか》の人《ひと》の心《こころ》の花《はな》にぞありける

（七九七　小野小町《おののこまち》）

＝色《いろ》には見《み》えないであせてしまうものは、世《よ》の中《なか》の人《ひと》の心《こころ》の花《はな》なのだなあ。＝

✽上句で「色がないのにあせるものは」と謎（色がないならあせるはずがない）を掛け、下句で答えを「人の心の花」と解き明かす形式で、色があって移ろう本来の花と対比して、人の心の移ろいやすさを嘆いてみせる歌である。

その心とは恋歌の部にあるのだから、もちろん恋心ということになろう。花という言葉のイメージそのままに、美しくそしてはかなく移ろうのが恋である。「色には見えない」とあるのはこの場合つれない素振りで、そんな様子はなかったのに、ということになろうか。

また、個人的な情報が一切含まれていないところに、この歌の諦念《ていねん》ともとれる境地があらわれている。しかし逆に作者が小町ということもあり、彼女の恋愛・人生経験を想像してしまうのも、そんな情報量の少なさのせいでもある。

「心の花」は漢語からの発想ともいうが、小町の私的な抒情に留まらない、歌作りとしての知識・技量が垣間見える一首である。

●小野小町《おののこまち》

六歌仙で唯一の女性である小野小町については、名前から小野氏出身であることや、僧正遍昭・文屋康秀など男性との贈答歌が残っていて、六歌仙時代の人物であったことは確認できるが、それ以外の詳しいことは分からない。

彼女の実作として残っている和歌の内容が、男性を冷たくあしらったり、容色の衰えを嘆くものであったことから、美女・色好み・男嫌い・衰老などの色々な伝説が生まれたのである。

世界三大美女の一人に数えられるが、残念なことに実際の容貌は分からない。しかし現在でも人気が高く、非常に魅力的な人物である。

忘《わす》れ草《ぐさ》何《なに》をか種《たね》と思《おも》ひ《イ》しはつれなき人《ひと》の心《こころ》なりけり

（八〇二　素性法師《そせいほうし》）

忘《わす》れ草《ぐさ》は何《なに》が種《たね》なのかと思《おも》っていたのだが、それは薄情《はくじょう》な人《ひと》の心《こころ》なのだなあ。

✻「忘れ草」は、ユリ科の植物で、カンゾウの類の総称。初夏にユリに似た花をつける。そもそもは中国文学で『詩経』の注釈書に「人をして憂《うれ》ひを忘れしむ」（人に嫌なことを忘れさせる）などといわれており、それを受けて日本でも『万葉集』以来、和歌に詠まれてきた。「人忘れ草」・「恋忘れ草」とも表現される。

仮名序にも「人の心を種として、よろづの言の葉とぞなれりける」という表現がある。心というのは、様々なものの原因となるものだ。この歌の場合は、自分を忘れようとする薄情な恋人の心こそが、忘れ草の種なのであり、こうなった以上、自分も忘れ草を摘んで、憂さの種でもある相手を忘れるしかないという心情である。この心情は、一日でしぼんでしまう可憐な花に寄せられるだけに、せつなさがいっそう強く感じられる。

またこの歌も上句で「忘れ草の種は何だ」と謎を掛け、下句で「薄情な人の心だ」と解き明かしている。このような歌の形式は、理知的と評される『古今和歌集』の歌風のひとつの典型でもある。

わすれぐさ

流《なが》れては妹背《いもせ》の山《やま》の中《なか》に落《お》つる吉野《よしの》の川《かは》《カワ》のよしや世《よ》の中《なか》

（八二八　読《よ》み人知《びとし》らず）

吉野《よしの》川《がわ》が流《なが》れて妹背《いもせ》山《やま》の中《なか》に落《お》ちるように、泣《な》くことがあっても、ええい、ままよ。男女《だんじょ》の仲《なか》というものは。

✻「妹背山」は「妹山」と「背山」ふたつを合わせた総称で、和歌山県の吉野川流域にあるとされるが、詳しい所在は未詳。「吉野川」は奈良県に発して和歌山県を貫流する川で、流れが激しい。いずれも『万葉集』以来の歌枕である。

この歌は「流れ」と「泣かれ」が掛詞で、「妹背の山」に「妹」（男性から親しい女性への呼称）と「背」（女性から親しい男性への呼称）の意を掛詞的に含ませ、さらに「吉野の川の」までを同音で「よしや」を導く序詞とするなど、多くのレトリックを使っている。しかし二つの歌枕を中心に一首全体のイメージがまとまっており、技巧に過ぎた印象はない。

内容は、男女の仲に対するひとつの結論めいたものとなっているが、これにはふたつの理解がある。ひとつは自分の恋を振り返っての見解、もうひとつは恋一般に対するものである。もともとは前者の意で詠まれたのだろうが、この歌は恋部の巻軸歌(最終歌)でもある。すると後者のようにとって、『古今和歌集』恋部全体のまとめと理解することもできるだろう。

今も昔もままならないからこそ、ままよと思って付き合うしかないのが、恋なのである。

歌枕《うたまくら》

和歌の中で伝統的に題材とされる地名を歌枕（または名所歌枕）という。地名だけではなく、その場所の属性や景物などが観念的に固定され、絵の題材にもなっていたので、実際に行ったことのない人でもどんな場所か知ることができた。例えば、平安京から東国へ出る時に通過する逢坂《おうさか》の関《せき》は、人々の出会いと別れの場所であり、木綿《ゆう》つけ鳥や岩清水《いわしみず》・篠薄《しのすすき》が景物であった。

全国的な分布では、都のあった大和（奈良県）・山城（京都府）を中心とした畿内《きない》に多く存在するが、これは行く機会もある身近なものであった。逆に東北地方の歌枕は、決して行く機会のない場所として、都の貴族の憧れの的であった。『古今和歌集』に限らず、歌枕を詠んだ歌を歌碑《かひ》にしているところは多くある。あなたの身近な歌枕を調べて、歌碑を見に行き、いにしえに思いを馳《は》せてみてはどうだろう。

◆巻第十六《まきのだいじゅうろく》　哀傷歌《あいしょうのうた》

みな人《ひと》は花《はな》の衣《ころも》になりぬなり苔《こけ》の袂《たもと》よかわきだにせよ

（八四七　僧正遍昭《そうじょうへんじょう》）

私以外《わたしいがい》の人《ひと》はみんな、喪服《もふく》を脱《ぬ》いで華《はな》やかな服《ふく》に着替《きが》えてしまったそうだ。出家《しゅつけ》した私《わたし》の苔《こけ》のような僧衣《そうい》の袂《たもと》よ、せめて乾《かわ》いておくれ。

✽仁明《にんみよう》天皇の一周忌が明けた時の歌。天皇が崩御《ほうぎよ》すると、一年間日本中が喪に服すとの規定があった。この日は喪が明けたので、日本中が喪服から普段着に着替えたことになる。「花の衣」とあるが、喪服からすれば普段着は色とりどりの華やかなものであるし、時期が三月なので、桜などの春の花を意識した表現でもあろう。また直後に多くの叙任《じよにん》（位を授けて官職を任ずること）があり、出世する者もいて、その喜びによって世間の雰囲気はガラッと変わったと思われる。

しかし遍昭は喪服を脱がなかった。なぜなら彼は、生前の仁明天皇に蔵人頭《くろうどのとう》（天皇の秘書的役割の責任者）として近侍《きんじ》し、崩御の際は葬礼装束司となり、その後出家したからである。つまり「苔の袂」は墨染めの僧衣であり、また悲しみの涙が絶えないことも表している。さらに「なりぬなり」の「なり」は伝聞の助動詞だが、これによって遍昭が直接都の様子を見たのではなく、寺中にあって噂を聞いたということがわかり、世間と隔絶した感じを印象づけている。

この話は『古今和歌集』だけでなく『大和物語』などでも有名で、仁明天皇に対する遍昭の忠誠心は、単なる主従を超えた理想的なものとして知られていた。

◆巻第十七《まきのだいじゆうななぞうのうたのじよう》　雑歌上

主《ぬし》や誰《たれ》問《と》へ《エ》ど白玉《しらたま》いは《ワ》なくにさらばなべてやあはれ《ワ》と思《おも》はむ《ン》

（八七三　河原左大臣《かわらのひだりのおおいもうちぎみ》）

「持《も》ち主《ぬし》は誰《だれ》」と聞《き》いても、白玉《しらたま》はその名《な》のように知《し》らず、いわないのだから、それなら舞姫《まいひめ》をみんな愛《いと》しいと思《おも》おうかな。

✿陰暦十一月の中《なか》の寅《とら》の日に、新嘗祭《にいなめのまつり》（天皇が新米などを神に供え、自分も食する儀式。音読みしてシンジョウサイともいう）の一環として、清涼殿《せいりようでん》で五節《ごせち》の舞《まい》が行なわれ、天皇が御覧になる。その舞は貴族の娘がつとめることになっており、娘たちは五節の舞姫といわれた。一種の神事ではあるが、容姿に優れた年頃の娘が舞う姿に、天皇をはじめ見ていた貴族の男性は心を奪われたのである。

河原左大臣は、本名を源融《みなもとのとおる》といい嵯峨天皇の第八皇子。陸奥国塩釜の風景を模した庭で塩焼きを行なったことで有名な河原院《かわらのいん》に住んでいた風流人である。

　この歌は五節の翌日、落ちていた簪《かんざし》の玉の持ち主を探して詠んだ歌である。白玉を擬人化して、そこに恥ずかしがって名のり出ない持ち主の娘の姿を思い描きながら、全ての舞姫を愛しいと思うといってしまうところに、洒脱な言動を身に付けていた融の姿が想像される。

　次にあげた有名な良岑宗貞《よしみねのむねさだ》（遍昭の在俗時の名）の『百人一首』（一二）歌も、五節の舞姫を見てのものである。融と遍昭という、風流で聞こえた二人がともに舞姫の歌を残しているのも面白い。

天《あま》つ風雲《かぜくも》の通《かよ》ひ路《ぢ》吹き閉《と》ぢよ乙女《をとめ》の姿《すがた》しばしとどめむ　（八七二　良岑宗貞）
（天の風よ、雲の通い路を吹いて閉ざしておくれ。天女《てんにょ》のような舞姫たちの姿を、もう少し見ていられるように地上にとどめようではないか。）

かたちこそみ山隠《やまがく》れの朽木《くちき》なれ心《こころ》は花《はな》になさばなりなむ
（八七五　兼芸法師《けんげいほうし》）

見た目《みめ》こそは山奥《やまおく》に隠《かく》れている朽木《くちき》だけれど、心《こころ》は花《はな》にしようと思《おも》えばできるのだよ。

✻詞書によれば、女たちに笑われて詠んだ歌である。他人《ひと》を見て笑う女もひどいが、いったいどんな容貌をしていたのかと、余計な想像をしてしまう。けれどもこの歌には、自分の容貌を気にするところは微塵《みじん》もなく、むしろ接触をもてたのをいいことに、逆に女たちをからかうようなところがある。

心は花にしようと思えばできるというのは、今はやはり花ではないのだ。しかし花にどんな意味があるのか。容貌が朽木に比喩されるのは、法師だからだけではなく、見て笑われるような老いからくる醜さのせいであろう。それと対照されていることを考えれば、花はやはり老いにふさわしくない、恋愛に関するものとなる。つまり女たちを誘っているのだ。

遍昭・素性の親子をはじめとして、当時の法師には、法師らしからぬ言動で風流さをもって知られた人も多かった。作者について詳しくは分からないが、そのような一人に数えてもよいであろう。

思《おも》ひせく心《こころ》のうちの滝《たき》なれや落《お》つとは見《み》れど音《おと》の聞《き》こえぬ

（九三〇　三条《さんじょう》の町《まち》）

思《おも》いを堰《せ》き止《と》めている心《こころ》のうちの滝《たき》だからだろうか、水《みず》が落《お》ちるように見《み》えるけれども音《おと》が聞《き》こえないよ。

✻文徳《もんとく》天皇が屏風絵の滝を御覧になって感心し、それを題にして歌を詠めとの仰《おお》せがあり、詠んだ歌である。

当時の日本建築は、開放的な空間を仕切って使っていた。その道具のひとつが、折り畳み式の屏風である。そして屏風は絵や詞《ことば》によって装飾されていた。この場合は、滝の絵が描いてあって、歌は書き付けたのではなく、その場で詠んだことになる。『古今和歌集』の中では最古の屏風歌である。

絵に描かれた滝だから、水音は聞こえない。そこに機知があるのだが、さらに絵ではなく心の中の滝とすることで、自分の心にあるいえない思いを訴えかける内容のものとなっている。

作者は文徳天皇の更衣《こうい》で、悲劇の親王といわれた惟喬《これたか》親王の母、紀静子《きのしずこ》。歌が詠まれた状況はこれ以上詳しく分からないが、藤原氏の政治的優位の中で、天皇の第一皇子を産んだ紀氏出身の彼女の、後宮での複雑な立場と心の内が想像される一首となっている。

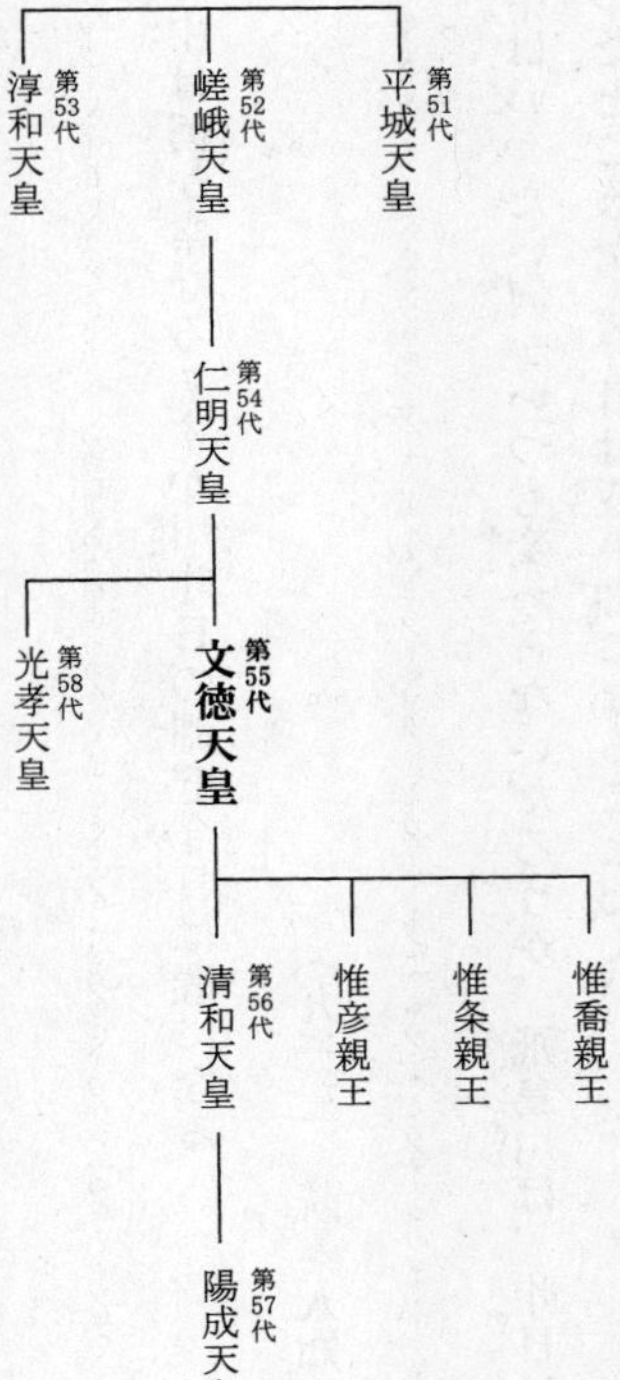

◆巻第十八《まきのだいじゅうはち》　雑歌　下《ぞうのうたのげ》

世《よ》の中《なか》は何《なに》か常《つね》なるあすか川《がは》昨日《きのふ》の淵《ふち》ぞ今日《けふ》は瀬《せ》になる

（九三三　読《よ》み人知《ひとし》らず）

世《よ》の中《なか》はいったい何《なに》がいつも変《か》わらないだろうか。飛鳥川《あすかがわ》は、昨日《きのう》は深《ふか》い淵《ふち》だったところが、今日《きょう》は浅《あさ》い瀬《せ》になることだよ。

✻飛鳥川（明日香川とも）は、奈良県高市郡明日香村から大和川に流入する。『万葉集』から歌に詠まれ、『古今和歌集』の中でも多く取り上げられている歌枕である。山川特有の、流れが速くそのせいで流路も変わりやすかったという属性が有名で、名称の「あす」も「明日」との掛詞的連想により「昨日・今日」と縁語的に表現されることが多かった。この歌はその典型である。

上句で世の無常を観念的に端的に述べながら、下句でそれを飛鳥川の流れにたとえ、具体的なイメージで結ぶ手法は評価が高い。「淵」は水深が深い部分で「瀬」は浅い部分だが、流れの変化のイメージだけでなく、人の心の深浅という意味も感じられそうだ。

おそらく次の春道列樹《はるみちのつらき》の歌や読み人知らずの歌なども、同じ『古今和歌集』中のものではあるが、この歌を本歌取《ほんかど》りしたものであろう。ただし当時は本歌取りという用語はなく、技巧として強く意識されてはいなかったと思われる。

昨日《きのふ》といひ今日《けふ》と暮《く》らしてあすか川流《がはなが》れてはやき月日《つきひ》なりけり（三四一　春道列樹）

（過ぎた昨日といい、今日を暮らして、来たる明日はもう新年を迎えるが、あすか川のように流れてはやい月日なのだなあ。）

あすか川淵《がはふち》は瀬《せ》になる世《よ》なりとも思《おも》ひそめてむ人《ひと》は忘《わす》れじ（六八七　読み人知らず）

（あすか川の流れが深い淵が浅い瀬になるように、男女の仲も変わりやすいが、好きになり始めた人のことは決して忘れないようにしよう。）

世《よ》の憂《う》き目《め》見《み》えぬ山路《やまぢ》《ヤマジ》へ《エ》いらむ《ン》には思《おも》ふ《ウ》人《ひと》こそほだしなりけれ

（九五五　物部良名《もののべのよしな》）

出家《しゅつけ》して、世間《せけん》の嫌《いや》な目《め》にあわなくていい山道《やまみち》へ入《はい》ろうとしても、愛《あい》する人《ひと》こそが足手《あしで》まといだなあ。

✿深刻な内容を持っているが、詞書には「同じ文字なき歌」とあり、同じ仮名文字を使わず、遊びとして詠んだ歌ということが分かる。このような歌で最も有名なのはやはり「いろは歌」であろうが、言語遊戯的趣向で作られた歌は『万葉集』から存在していた。平安時代には他に、「天地《あめつち》の詞《ことば》」などがあった。

しかし創作のきっかけはどうあれ、この歌の内容が当時の実感であったことも確かであろう。当時の貴族の望みのひとつとして出家があげられる。出家をすればこの世から離れることになるから、俗世間の嫌なことからは離れることができる。しかしそれは同時にこの世の恩愛を断ち切ることだから、家族などは逆に邪魔となる。我が身の希望か相手を大切に思う気持ちか、まさにジレンマの状態だが、人間存在の真実を言い当てていて、妙に感心させられるところがある。

天地《あめつち》の詞《ことば》

「天《あめ》　地《つち》　星《ほし》　空《そら》　山《やま》　川《かは》　峰《みね》　谷《たに》　雲《くも》　霧《きり》　室《むろ》　苔《こけ》　人《ひと》　犬《いぬ》　上《うへ》　末《すゑ》　硫黄《ゆわ》　猿《さる》　生《お》ふせよ　榎《え》の枝《え》を　馴《な》れ居《ゐ》て」

平安時代初期、全ての仮名を一回ずつ使って作られた歌。ア行とヤ行のエが区別されているので、いろは歌に先立つと考えられている。これらの歌は、単なる言語遊戯的な関心から作られただけでなく、仮名を覚える際の手本として利用された。

わくらばに問《と》ふ《ウ》人《ひと》あらば須磨《すま》の浦《うら》に藻《も》《モ》塩《しほ》《シオ》垂れつつわぶとこたへ《エ》よ

（九六二　在原行平《ありわらのゆきひら》）

たまたま私《わたし》の消息《しょうそく》を聞《き》く人《ひと》がいたら、須磨《すま》の浦《うら》で藻《も》塩《しお》をとり、涙《なみだ》を流《なが》しながらつらい思《おも》いをしていると答《こた》えなさい。

✽歴史書で確認はできないが、詞書によると文徳天皇の時代に問題を起こし、摂津《せっつの》国《くに》（今の兵庫県）須磨に蟄居《ちっきょ》していて、宮中の人に贈ってきた歌である。

海藻に海水をかけて塩分を濃縮し、最後は焼いて塩を取るという当時の製塩方法が詠み込まれている。須磨が海岸だったことと、自分が蟄居の身で海人《あま》（漁師）のように落ちぶれてしまったこと、そしてしょっぱい涙を流していることが「藻塩垂れ」という語に凝縮して表現されている。

自分からこのような歌を贈るのは、都からの便りがなかったからであろう。つまり

宮城県指定無形民俗文化財「鹽竈神社藻塩焼神事」

贈った相手に、たまにはこちらの心配でもしたらどうだと催促していることになる。そうすると、命令形の強い口調を使っているのは、逆に寂しさや頼りなさ、心もとなさのあらわれとも考えられよう。

行平は六歌仙のひとり在原業平の兄で、この後中央政界に復帰し、中納言にまで出世している。

神無月《かんなづき》時雨《しぐれ》降《ふ》りおけるならの葉《は》の名《な》に負《お》ふ《ウ》宮《みや》の古言《ふること》ぞこれ

（九九七　文屋有季《ふんやのありすえ》）

『旧暦十月《きゅうれきじゅうがつ》の時雨《しぐれ》が降《ふ》っている楢《なら》の葉《は》の、その名《な》と同《おな》じ奈良《なら》の帝《みかど》がお選《えら》びになった古《ふる》い歌《うた》が、この『万葉集《まんようしゅう》』であります。

✿ 清和天皇の「『万葉集』はいつできたのか」という質問に答えた歌である。「名に負ふ」は名前として持っているという意味で、「神無月時雨降りおけるならの葉の」までが同音の奈良を連想させる序詞となっている。ただし「ならの葉の名に負ふ宮」には、平城京《へいじょうきょう》を指すという説と、「ならの帝」と呼ばれた平城《へいぜい》天皇を指すという説がある。『古今和歌集』では、仮名序や真名序の記述から平城天皇の時代を特別視していたことが分かるので、今は後者の説に従う。平安時代初期に既に『万葉集』の成立時期が分からなくなっていたということがこの歌から確認できる。『万葉集』

成立の不思議を物語る一首である。

上句はおそらく実景だから、初冬の時雨が降る肌寒い日、楢の枯葉に落ちる雨音を聞きながらという場面が想像できる。時雨は葉を紅葉させると考えられていたし、あるいは「降る」が「古」に通じるのかもしれない。また和歌に関する質問に和歌で答えたというのも面白い趣向である。

●巻十九について

巻十九は雑躰《ざってい》といい、形式や内容に特徴のある歌が収められている。形式に特徴のあるのは長歌《ちょうか》（部立名はなぜか短歌となっている。五七を何回か繰り返した後、五七七で結ぶ歌）と旋頭歌《せどうか》（五七七五七七）である。いずれも平安時代には作られなくなっていく古い形式であった。

内容に特徴のあるのは誹諧歌《はいかいか》である。これは古今風といわれる集全体の理知的耽美的歌風とは一線を画し、滑稽さや俗っぽさが一首の中心をなしていた。

本書は『古今和歌集』らしさの理解をひとつの目的としているため、巻十九の歌は収録しなかったが、ウラ古今・反古今的なものに興味のある人は一読してみるといいだろう。

◆巻第二十《まきのだいにじゅう》 大歌所御歌《おおうたどころのおんうた》

新《あたら》しき年《とし》の初《はじ》めにかくしこそ千歳《ちとせ》をかねて楽《たの》しきを積《つ》め

（一〇六九　読《よ》み人知《びとし》らず）

新年《しんねん》の初《はじ》めに、今目《いまめ》の前《まえ》のこのように、千年《せんねん》を先取《さきど》りして楽《たの》しきという御《み》薪《かまぎ》を積《つ》むことだよ。

✿詞書には「おほなほび」の歌とあるが、大直日神《おおなおびのかみ》の意と直会《なおらい》（神事の後に斎戒《さいかい》を解き日常に戻るための宴会）の意の二説があり、近年は前者を採る研究が多いがはっきりしない。

「かくしこそ」は儀式の際によく使われる表現で、目の前で起こっていることに、その場にいる全員が参加することを促し、場の雰囲気を盛り上げる効果がある。また「楽しき」は、一月十五日に献上する御薪を踏まえた掛詞的な表現。積み上げられる御薪を見ながら、この一年も、そしてその後の千年も、楽しいことばかりありますようにとの祈りと期待が込められた歌である。

結句の「積め」を、マ行四段活用の動詞「積む」の命令形として「積みなさい」と訳したり、「め」を意志・勧誘の助動詞「む」の已然形ととり「積もう」と訳す注釈書があるが、文法的な誤解である。上にある係助詞「こそ」の結びで、マ行四段活用の動詞「積む」の已然形とするのがよい。

ただし儀式の際のこのような歌は、その場にいる全員に歌いかけるものであったから、歌自体の性格として命令や勧誘のニュアンスがあり、それが場全体の高揚感につながったのであろう。

東歌《あずまうた》

君《きみ》をおきてあだし心《ごころ》を我《わ》が持《も》たば末《すゑ》《スエ》の松山波《まつやまなみ》も越《こ》えなむ《ン》

（一〇九三　読《よ》み人《びと》知《し》らず）

あなたをさしおいて、浮気心《うわきごころ》を私《わたし》がもし持《も》つなら、あの末《すえ》の松山《まつやま》を波《なみ》がきっと越《こ》えるでしょうよ。そんなことはありえませんが。

✽東歌《あずまうた》（東国の歌の意）の中の陸奥歌《みちのく》の一首。「末の松山」は陸奥国の歌枕で、岩手県の浪打峠や宮城県多賀城市の末松山宝国寺などが想定されているが、詳しくは未詳。ただし後者の方が有名で、江戸時代には松尾芭蕉《まつおばしょう》も訪れている。いずれにしても決して波が越えない山であり、ありえないことの比喩に使われ、特に浮気をしないという誓いの引き合いにされた。

東歌であるところなどから、歌中の「君」は男性を指し、作者は女性ではないかとも考えられる。するとこの女性は多くの男性と恋愛の可能性を持った人物で、貴族というよりも、宴会の場などに歌や舞をもって奉仕した女性ではないかとの想像もされる。宴会での女性の歌は、恋愛関係にない男性にも、自分の真情を誓うなどして、酒を勧めるものであった。

貴族社会は一夫多妻制ではあるが、やはり男性の誠実な愛情は求められたので、後世の恋歌に多くの影響を与えた。東国の異国的な雰囲気と、視覚的なイメージも、都《みやこ》人《びと》の興味を惹《ひ》いたのであろう。

解説

1　古今和歌集の成立

奈良時代と思われる万葉集の成立以後、日本では中国文化の影響が強くなった。もともと文字を持たなかった日本語が、万葉仮名のような不完全な形であったとしても、文字を使えるようになった意味合いは大きかった。しかし公文書は形式が重要で、中国に範をとった日本では、朝廷の書類は中国語（漢文）で書かざるをえなかった。そのため、官僚であった貴族にとって漢文の知識は必須のものとなり、これが文化・文学の面にも大きく影響したと思われる。

その上、政治と文学が密接な関係にあった中国文学の影響で、日本で最初に勅撰（勅、つまり天皇の命令で編集されること）されたのは漢詩集であった。凌雲《りょううん》新集・文華秀麗《ぶんかしゅうれい》集・経国《けいこく》集の三勅撰漢詩集が嵯峨天皇や淳和《じゅんな》天皇の時代に撰集されていた（八一四〜八二七）。平安初期においては、和歌より漢詩文の方が重要視されていたのである。和歌と漢詩文のこのような関係は、原則として明治維新まで続く。

ただしそのような状況でも、次第に中国の影響を消化し脱していくことになる。仮名で日本語を表記するという画期的な発明がされ、日本文学が活気を取り戻していくのである。政治的にも藤原氏による前期摂関時代が始まり、後宮文化、つまり女性のための文化が重要視されるようになる。竹取物語や伊勢物語が作られる一方、和歌では在原業平・小野小町・僧正遍昭・文屋康秀などのいわゆる六歌仙たちの活動が活発となり、歌合《うたあわせ》が行なわれ歌集の編纂も始まった。特に古今和歌集成立前夜としては、様々な行事を行なった宇多天皇の文化的存在意義が大きい。

歌合は左と右のチームに分かれ、それぞれが同じ題で歌を作ってどちらが良い歌かを競う行事である。メンバー一人ずつが対戦し、チームトータルの勝敗で罰ゲームなども行なわれた。紅白歌合戦のようなものといえばイメージしやすいだろうか。この時期の代表的な歌合としては、業平の兄である行平主催の在民部卿《ざいみんぶきょう》家歌合や、是貞《これさだ》親王家歌合・寛平御時后宮歌合などがあった。

また歌集では、大江千里が句題和歌（大江千里集とも）を、菅原道真が新撰万葉集を編纂した。これらは単なる歌集ではなく、句題和歌は漢詩を題としており、新撰万葉集では漢詩と和歌を並列するなど、まだ漢詩の強い影響を思わせるものであったが、一方で和歌の文化的な前進を示すものでもあった。

こうして勅撰和歌集撰進の気運が高まり、醍醐天皇によって勅が下された。その命を拝し、撰者となったのは紀友則《きのとものり》・紀貫之《きのつらゆき》・凡河内躬恒《おおしこうちのみつね》・壬生忠岑《みぶのただみね》の四人である。そして仮名序によると延喜五年（九〇五）四月十八日（真名序には十五日とするものもある）、完成した古今和歌集が醍醐天皇に奏上された。ただし友則は完成を目にできなかったらしい。古今和歌集の中には彼の死を悼《いた》む貫之と忠岑の歌（八三八・八三九）が載せられている。

紀友則が身まかりにける時よめる　　貫之

明日知らぬ我が身と思へど暮れぬ間の今日は人こそ悲しかりけれ

時しもあれ秋やは人の別るべきあるを見るだに恋しきものを　　忠岑

（紀友則が亡くなったときに詠んだ　　紀貫之

明日とも知れない命の我が身とは思うが、暮れない間の今日だけは、亡くなったあの人のことが悲しいことだなあ。　　壬生忠岑他の時節もあるのに、秋が人と別れるのにふさわしいだろうか、いや、そんなことはないはずだ。元気でいる人さえ恋しく思うような季節なのに。）

こうした事情もあって、撰者の中心として指導力を発揮したのが貫之であった。

2　古今和歌集の構造・配列

仮名序に「千うた、はたまき」とあるように、約千百首の歌が二十巻にまとめられている。それに加えて仮名序と真名序を持っているのが体裁の整った古今和歌集となる。平安時代の漢文重視からすると真名序が正式のものだろうが、最初に貫之によって仮名序あるいはその草稿が作られ、それを参考にして紀淑望《よしもち》によって書かれたのが真名序であると現在は考えられている。

二十巻の内容は、前半の中心が四季歌、後半の中心が恋歌・雑歌となっており、自然と人事の対比が意識されている。

四季歌は春上下・夏・秋上下・冬の六巻からなる。春と秋だけ上下巻なのは、古来風物豊かな季節であり、重視されていたからであろう。その内容は暦を意識したもので、季節の推移通りに歌が配列されている。

例えば春は立春という暦の上での季節の到来から始まり、霞がかかって植物が芽吹き、鶯が鳴き、梅が咲き、桜が咲いて散り、藤が咲き、山吹が咲き、そして春が逝くのを惜しむという具合である。

季節の風物として取り上げられる自然の素材や表現の仕方は、漢詩文の影響などもあり、万葉集と比べても変化が認められ、バリエーション豊かなものとなっている。

季節歌六巻の後は、賀歌・離別歌・羇旅《きりよ》歌・物名《もののな》が各一巻ずつとなっている。賀歌はその名の通り、お目出度いことがあった時のお祝いの歌で、中心は算賀《さんが》（四十歳以降に行なわれる長寿のお祝い）に関するものだが、巻軸（巻の最後）は春宮《とうぐう》（皇太子）誕生を祝う歌が置かれ、次代を予祝する形となっている。

離別歌は人とお別れする時の歌で、旅先で詠む羇旅歌と対比的になっている。

物名は題材や内容ではなく、何か物の名前を歌の中に詠み込むという言語遊戯的な面が中心となった、機智的な歌である。おそらく宴会などの際に多く作られたのだろう。

後半の十巻はまず、恋歌五巻から始まる。これも恋の進行の順に歌が配列されている。恋という題材はいつの時代でも魅力的なものだが、当時の慣習などをよく知らないとひどい誤解をしてしまうので、気をつけなければならない。

現在と平安時代で最も違うのは、夫婦が同居せず、夫が妻のもとへ通う妻問い婚(通い婚)であろう。同居しないという特殊な夫婦関係には様々な約束事があった。

例えば、和歌においての初恋は人生における初めての恋ではなく、恋の初期段階をさす。その段階では、男性は噂などで興味を持った女性に対して歌を贈り、自らの気持ちを伝える。したがって初めに告白するのは男性の歌となる。それに対して女性は、すぐに承諾しては軽いととられるから、なんだかんだとはぐらかし、男性の愛情の確かさを試していくのである。

そしていよいよ恋愛関係が成立するのだが、男女が一夜を一緒に過ごした翌朝を後朝《きぬぎぬ》という。男性は女性の家から人目につかないように帰らなくてはならないが、帰った後に男性が女性に歌を贈ることになっている。しかも女性の家から出て、歌が届くのが早ければ早いほど、男性の愛情が強いとされた。

恋愛も終わりに近づくと、今度は女性の歌が多くなってくる。典型的なのは訪れなくなった男性を待つ状況でのもので、待つ女といわれる。そのような状況で、男性の哀れを誘い、うまく訪問を促すことが求められた。

恋五巻の後は、死んだ人を悼《いた》む哀傷歌が一巻あり、さらに後半のもうひとつの柱ともいえる雑歌《ぞうか》上下巻となる。雑歌は、万葉集とは違い、まさに雑多なテーマの歌が集められているが、嘆老や遁世《とんせい》・無常などが主要なものである。その次の一巻には、雑躰《ざってい》といい長歌や旋頭《せどう》歌のように三十一文字《みそひともじ》ではないものや、誹諧《はいかい》歌のように主題が特殊で王朝の美意識からはずれるものをおさめている。

最後の一巻は大歌所御歌《おおうたどころのおんうた》である。これは宮中の大歌所という歌を管理する役所にあった歌をおさめている。これまでの十九巻が天下・人間の世のことを歌っているのに対して、この巻の歌はいずれも神事と深い関わりがあり、ここにも対比が意識されていると考えられている。

他にも、作られた時は関係のない歌でも、並べることで行間を読ませるように工夫されているような配列もある。あえてそこを深読みしてみるのも、楽しみ方のひとつだろう。

本書はすべての歌を収録しているわけではないので、以上のような配列の魅力についてはあまり触れることができなかった。このような楽しみ方もあるので、ぜひすべての歌を収録している古今和歌集を手に取っていただきたい。

3　古今和歌集の歌風

古今和歌集の歌風というと、賀茂真淵《かものまぶち》の手弱女《たおやめ》ぶりという言葉が有名である。他にも自然と人事の渾融《こんゆう》、耽美的など様々なことが指摘されている。しかし万葉集以降の長い時代、様々な人の歌を収めているのだから、一概なことはいえないであろう。ただし撰者の嗜好《しこう》は反映されるものである。よくいわれる理知的というのはやはり撰者時代の中核をなすもので、貫之がその代表といえよう。

理知的というと序詞・掛詞・縁語といったレトリックがはじめに思い浮かぶ。確かに六歌仙たちが活躍した時代から、それらの修辞が盛んに使われだした。しかしそれを支えたのは発想における理知的な傾向である。具体的には、現在の状況からその背後にある因果関係を推測したり、謎掛けをして答えて見せたり、見立てなどの視覚的な要素や言語の関連からの連想などがあげられる。このような発想と表現技法が深く関わって、和歌の表現が成立しているのである。

詳しくはコラムや各歌の説明を読んでもらうこととして、今は具体的に触れない。しかし理知的とはいっても、表面上の技術的なことだけではなく、その奥底にあるもの、つまり平安の人々が自然や他者とどうかかわり、どう表現したのかを読み取っていただきたいと思う。

4　古今和歌集の享受と影響

第一勅撰和歌集だった古今和歌集は、その後和歌を考える際の基準・規範となり、大きな影響を与えた。勅撰集の歴史は室町時代に第二十一番目の新続《しんしょく》古今和歌集によって途切れるが、古今和歌集において確立された美意識は、その後も直接的な影響だけでなく、反動なども含めて展開していくこととなる。それは和歌だけでなく様々な文化のジャンルに亘《わた》っている。物語に引き歌として使われたり、屛風や障子などに描く絵画の意匠とされたり、さらに連歌や俳諧においても古今和歌集についての知識は必要不可欠であった。

これほど影響が大きければ、反動が出てくるのも当然であろう。後世における古今和歌集の評価というと、どうしても正岡子規を避けて通れない。彼は「再び歌よみに与ふる書」において古今和歌集と紀貫之をくだらないと一刀両断に切り捨てた。しかしこれは彼一人の問題ではなく、歴史的な問題を含んでいる。明治という時代にあって、政治・経済だけでなく、文化・和歌においても革新が求められたということは忘れてはならない。そしてこのような風潮によって、古今和歌集よりも万葉集を優れているとする傾向が長く続いたのである。

ただし現在では、短歌の専門誌で古今和歌集の特集が組まれることなどもあり、徐々に古今和歌集が注目されるようになってきた、というのは贔屓目《ひいきめ》だろうか。

5　参考文献

図書館や書店で気軽に手にできるものから、専門性の高いものまで、代表的な注釈書をいくつかあげておく。

『古今和歌集全評釈』竹岡正夫　右文書院

『古今和歌集全評釈』片桐洋一　講談社
新潮日本古典集成『古今和歌集』奥村恆哉　新潮社
新日本古典文学大系『古今和歌集』小島憲之・新井栄蔵　岩波書店
新編日本古典文学全集『古今和歌集』小沢正夫・松田成穂　小学館
角川ソフィア文庫『古今和歌集』窪田章一郎　角川書店

古今和歌集についての研究は千年以上の歴史を持ち、注釈書・研究の類は数え切れないほどある。色々読んで、自分と同じ意見を言っている本がないかを探すのも楽しみ方のひとつといえるだろう。

かくいう本書も、ここにあげきれないたくさんの研究成果に恩恵を受けて、できあがったものである。

付録

初句索引

本書掲載の古今和歌集の歌の初句（同一の場合は二句まで）を歴史的仮名遣いの五十音順で示し、数字はページを表す。

あ

い

う

お

か

畿内
京都
丹波
近江の海
蒲生野
兵庫
滋賀
近江
篠原
比叡山
平安京
京都
大津
田上
水無瀬
山城
信楽
播磨
摂津
有馬山
交野
伊賀
葦屋
武庫の浦
大阪
敏馬の浦
大阪
神戸
難波
生駒山
奈良
高円山
石上布留
河内
巻向山
三輪山
初瀬
室生
耳梨山
二上山
天香久山
畝傍山
飛鳥
葛城山
和泉
巨勢野
奈良
吉野
大和
和歌山
大峰山
和歌山
紀伊
0
20km

ビギナーズ・クラシックス

古今和歌集《こきんわかしゆう》

中島輝賢《なかじまてるまさ》＝編

角川文庫 14658

平成十九年四月二十五日　初版発行
平成二十五年二月　五　日　九版発行

発行者―山下直久
発行所―株式会社角川学芸出版
東京都千代田区富士見二―十三―三
電話・編集（〇三）五二一五―七八一五
〒一〇二―〇〇七一
発売元―株式会社角川グループパブリッシング
東京都千代田区富士見二―十三―三
電話・営業（〇三）三二三八―八五二一
〒一〇二―八一七七
http://www.kadokawa.co.jp
印刷所―暁印刷　製本所―BBC
装幀者―杉浦康平

SP　A-2-1　ISBN978-4-04-357418-6　C0192

角川文庫発刊に際して

角川源義

第二次世界大戦の敗北は、軍事力の敗北であった以上に、私たちの若い文化力の敗退であった。私たちの文化が戦争に対して如何に無力であり、単なるあだ花に過ぎなかったかを、私たちは身を以て体験し痛感した。西洋近代文化の摂取にとって、明治以後八十年の歳月は決して短かすぎたとは言えない。にもかかわらず、近代文化の伝統を確立し、自由な批判と柔軟な良識に富む文化層として自らを形成することに私たちは失敗して来た。そしてこれは、各層への文化の普及滲透を任務とする出版人の責任でもあった。

一九四五年以来、私たちは再び振出しに戻り、第一歩から踏み出すことを余儀なくされた。これは大きな不幸ではあるが、反面、これまでの混沌・未熟・歪曲の中にあった我が国の文化に秩序と確たる基礎を齎らすためには絶好の機会でもある。角川書店は、このような祖国の文化的危機にあたり、微力をも顧みず再建の礎石たるべき抱負と決意とをもって出発したが、ここに創立以来の念願を果すべく角川文庫を発刊する。これまで刊行されたあらゆる全集叢書文庫類の長所と短所とを検討し、古今東西の不朽の典籍を、良心的編集のもとに、廉価に、そして書架にふさわしい美本として、多くのひとびとに提供しようとする。しかし私たちは徒らに百科全書的な知識のジレッタントを作ることを目的とせず、あくまで祖国の文化に秩序と再建への道を示し、この文庫を角川書店の栄ある事業として、今後永久に継続発展せしめ、学芸と教養との殿堂として大成せんことを期したい。多くの読書子の愛情ある忠言と支持とによって、この希望と抱負とを完遂せしめられんことを願う。

一九四九年五月三日

角川ソフィア文庫ベストセラー

ビギナーズ・クラシックス 日本の古典
百人一首（全）
編／谷　知子

天智天皇、紫式部、西行、藤原定家――。日本文化のスターたちが繰り広げる名歌の競演がスラスラわかる！　歌の技法や文化などのコラムも充実。旧仮名が読めなくても、声に出して朗読できる決定版入門。

ビギナーズ・クラシックス 中国の古典
論語
加地伸行

孔子が残した言葉には、いつの時代にも共通する「人としての生きかた」の基本理念が凝縮され、現代人にも多くの知恵と勇気を与えてくれる。はじめて中国古典にふれる人に最適。中学生から読める論語入門！

ビギナーズ・クラシックス 中国の古典
老子・荘子
野村茂夫

老荘思想は、儒教と並ぶもう一つの中国思想。「上善は水のごとし」「大器晩成」「胡蝶の夢」など、人生を豊かにする親しみやすい言葉と、ユーモアに満ちた寓話を楽しみながら、無為自然に生きる知恵を学ぶ。

ビギナーズ・クラシックス 中国の古典
陶淵明
釜谷武志

自然と酒を愛し、日常生活の喜びや苦しみをこまやかに描く一方、「死」に対して揺れ動く自分の心を詠んだ田園詩人。「帰去来辞」や「桃花源記」ほかひとつ一つの詩を丁寧に味わい、詩人の心にふれる。

ビギナーズ・クラシックス 中国の古典
孫子・三十六計
湯浅邦弘

中国最高の兵法書『孫子』と、その要点となる三六通りの戦術をまとめた『三十六計』。語り継がれてきた名言は、ビジネスや対人関係の手引として、実際の社会や人生に役立つこと必至。古典の英知を知る書。

角川ソフィア文庫ベストセラー

ビギナーズ 日本の思想
福沢諭吉「学問のすすめ」
福沢諭吉
訳／佐藤きむ
解説／坂井達朗

国際社会にふさわしい人間となるために学問をしよう！ 維新直後の明治の人々を励ます福沢のことばは現代にも生きている。現代語訳と解説で福沢の生き方と思想が身近な存在になる。略年表、読書案内付き。

ビギナーズ 日本の思想
西郷隆盛「南洲翁遺訓」
西郷隆盛
訳・解説／猪飼隆明

明治新政府への批判を込め、国家や為政者のあるべき姿と社会で活躍する心構えを説いた遺訓。やさしい訳文とともに、その言葉がいつ語られたものか、一条ごとに読み解き、生き生きとした西郷の人生を味わう。

ビギナーズ 日本の思想
道元「典《てん》座《ぞ》教訓《きょうくん》」
禅の食事と心
道元
訳・解説／藤井宗哲

食と仏道を同じレベルで語った『典座教訓』を、建長寺をはじめ、長く禅寺の典座（てんぞ／禅寺の食事係）を勧めた訳者自らの体験をもとに読み解く。禅の精神を日常の言葉で語り、禅の核心に迫る名著に肉迫。

ビギナーズ 日本の思想
空海「三《さん》教《ごう》指《しい》帰《き》」
空海
訳／加藤純隆・加藤精一

日本に真言密教をもたらした空海が、渡唐前の青年時代に著した名著。放蕩息子に儒者・道士・仏教者がそれぞれ説得を試みるという設定で各宗教の優劣を論じ、仏教こそが最高の道であると導く情熱の書。

ビギナーズ 日本の思想
空海「般《はん》若《にゃ》心経《しんぎょう》秘《ひ》鍵《けん》」
空海
編／加藤精一

宗派や時代を超えて愛誦される「般若心経」。人々の幸せを願い続けた空海は、最晩年にその本質を〈こころ〉で読み解き、後世への希望として記した。名言や逸話とともに、空海思想の集大成をわかりやすく読む。